Mundillo

Te contamos historias de mujeres...

Tejedoras de Cuentos

de

Puerto Rico y Argentina

Del Alma Editores

Mundillo:Te contamos historias de mujeres...

Del Alma Editores 2015

Editora: Gladys Viviana Landaburo

Recopiladoras:

Jeannette Cabrera Molinelli

Gladys Viviana Landaburo

Email:del_alma_editores@yahoo.com.ar

Fotografía: Bred & Co

Diseño de portada: Julia Grover

Email: juliagogrover@hotmail.com

https://www.facebook.com/JuliaGroverFOTOGRAFIA

ISBN: 978-987-29888-8-3

EL MUNDILLO

En Puerto Rico se le conoce como mundillo al encaje de bolillos o de torchón. Ya para el siglo XIX este arte se practicaba en la Isla en la confección de adornos para prendas de alta costura como la del clero. El conocimiento de este arte ha pasado de generación en generación hasta la actualidad.

.

El encaje es un tejido de mallas, lazadas o calados, con flores, figuras u otras labores, que se hace con bolillos de madera en los que se enrolla el hilo, aguja de coser, aguja de gancho o de ganchillos o bien con una máquina. El tejido se realiza al entretejer los bolillos que se entrecruzan formando torsiones y otros puntos. Para crear el encaje, la tejedora utiliza un patrón de papel o de algodón, sobre el cual se encuentra un diseño que incluye líneas y puntos. El patrón se coloca en la almohadilla del mundillo y se sujeta con alfileres.

.

Los tipos de puntadas tienen nombres como: claro, brusela, araña, mosca, margarita y almagro. La tejedora combina estas diferentes puntadas con las torsiones, trenzados o enlaces para crear la forma del patrón. Con el encaje que se produce se adornan pañuelos, collares, botines y vestidos para infantes, así como guayaberas y vestidos de novia, manteles para mesas, etc.

.

Algunos estudiosos piensan que el encaje de bolillos se comenzó a producir en Flandes durante la Edad Media. Otros proponen que se originó en Egipto entre los siglos VI y VII, o en Italia o Francia. Se piensa que llegó a España de uno de estos lugares. Incluso algunos afirman que llegó a Flandes desde España, ya que esta había estado bajo el dominio español en el siglo XVI. Es posible que haya llegado a Puerto Rico a través de España, pero otra teoría postula que fueron residentes haitianos en el siglo XIX quienes lo trajeron consigo.

.

A lo largo de la historia del mundillo en Puerto Rico, las tejedoras hacían esta labor por encargo, desde sus casas. En la década de 1940 se decretó una ley que estipulaba que las trabajadoras de la aguja tenían que laborar en fábricas. Esto afectó la producción de esta obra artesanal. Sin embargo, con los esfuerzos del Instituto de Cultura Puertorriqueña y otras personas interesadas en conservar el patrimonio cultural isleño, el encaje de mundillo, al igual que varios otros productos artesanales, no han quedado en el olvido. Se han creado talleres para que personas interesadas puedan aprender este arte.

.

En la actualidad, las tejedoras exhiben y venden sus creaciones en ferias de artesanía y festivales. En el 2004, se inauguró el Museo del Mundillo en Moca, municipio considerado la "Capital del Mundillo".

Fuente:

Portal del Museo del Mundillo en Moca

Los invitamos a disfrutar de historias entretejidas por las plumas de las Tejedoras de Cuentos. En estas recorrerán un abanico multicolor en donde es posible que nada sea mera coincidencia dado que son narraciones inspiradas en la vida misma.

Tejedoras de Cuentos de Puerto Rico

Marieli Calderón

BIOGRAFÍA

María Elisa Calderón Rodríguez nació en Río Piedras, Puerto Rico el 4 de junio de 1967. Obtuvo un bachillerato en Literatura Comparada de la Universidad de Puerto Rico, Recinto de Mayagüez, en mayo de 1992. Ha ejercido de maestra de inglés, francés y español. Es escritora y pertenece al grupo de Tejedoras de Cuentos. Escribe cuentos para los pueblos de la Isla como parte del esfuerzo de la Ruta del Cuento. Una muestra de sus poesías forma parte de la publicación Antología Micrófono Abierto I, por Editorial 360. Su poema A ti, Aquel fue reconocido por el Movimiento Mujeres Poetas Internacional como parte del 4to Festival Grito de Mujer. Se le otorgó el primer premio en la categoría de poesía en el I Concurso de poesía Julia de Burgos ofrecido por la Cofradía de Escritores, por su poema Hermenéutica. Su poema Boleto de ida\Boleto de partida fue parte de los seleccionados para la antología de Casa de los Poetas con el tema de las fronteras.

LA CALMA

Una mañana de esas, donde la calma arranca de raíz los árboles, de rutina ella. Pensó que la vertiginosa calma la tenía presa, era tan estruendosa que podía escuchar los latidos de su corazón, como enormes tambores anunciando el infinito. Miró el reloj, ya había corrido media hora, parecía un segundo. Corría cada vez más a prisa y de sus ojos brotaba un llanto constante y profuso que apenas le permitía ver. Aquella calma ensordecedora la asfixiaba. Recordaba la mañana anterior, donde no hubo tanta calma.

Había preparado el desayuno como siempre, llevó los niños al colegio y como todos los días al regresar emprendió su carrera diaria que tanto la ayudaba a despejarse y que con tanto recelo guardaba. Esa carrera era su refugio, su remanso de paz, el único ratito que tenía para compartir con sus pensamientos y para recordar que todavía era libre.

Hoy, todo era distinto, tanta calma, tanto ruido en su interior. Aunque corría por donde siempre, todo le parecía distinto. Los olores, los sonidos y hasta el color de la mañana. Apretaba el paso, como tratando de escapar de tanto, pero de qué. Las lágrimas cuajaban sus mejillas y empapaban su camisa.

Habían pasado cuarenta y cinco minutos desde que salió de su casa, parecía un segundo. No se cansaba de correr, corría como si su vida dependiera de aquella usual rutina. Eran tantos los sonidos de la calma que apenas podía coordinar los pensamientos para seguir hacia adelante.

Le dolía la vida, el cuerpo y hasta el alma. Pensativa se miraba las manos y encontró en sus muñecas aquellas marcas, tan comunes ya. Iluminaban como perlas los destellos rojos del agarre de aquél que un día tanto amor le profesó. Se ahogaba en llanto y una opresión en el cuello apenas la dejaba tragar. No entendía la razón de su ahogo, el aire casi no tenía cabida por su tráquea. Seguía corriendo. Pensó en sus hijos y una leve sonrisa se asomó en sus labios.

Al pasar por casa de un vecino, miró su silueta en los cristales de sus ventanas. Esos cristales que, como espejos en la luz de la mañana, le devolvían su reflejo con indiferencia. Apreció sus años, aquellos momentos de juventud perdidos y otros tantos que aún le quedaban por vivir. Fue entonces que se acordó de su asfixia y mirando su cuello vio el collar del juego de perlas en sus muñecas. Aquellas perlas enormes y violáceas que enmarcaban toda su nuca, cual felices bailarinas.

Decidió seguir en su carrera. Nuevamente los pies en el asfalto, pero la calma, esa calma que violentaba todo su ser, la atormentaba. Una hora, media hora más, no paraba de correr aunque generalmente corría treinta minutos al día. No había consuelo en sus pasos, no encontraba el silencio en el latir de su corazón, ni en el estruendo de su respiración. Al llegar a la segunda hora decidió regresar, pensó: *dos horas deben bastar*. Es hora de continuar con los oficios, si, aquellos que nadie aprecia y de los que todos creen eres princesa. Era hora de sonreír y secar el llanto. Era hora de ser señora.

Veinte minutos llevaría el regreso. A paso firme, como si acabara de empezar, corría en su retorno. Poco antes de llegar empezó a vacilar, su paso firme se hacía más lento. Entonces, se percató de que los ruidos de la calma exterior ensordecían los de su interior. Luces rojas y azules llenaban la cuadra. *Parece un carnaval*, pensó, *solo falta la música*. Le pareció bonito y por un instante aquel llanto que por más de dos horas inundó su rostro se secó.

Al acercarse a su casa sonrió, imaginó que aquella gran fiesta era para ella. Aunque no andaba en fachas, decidió apretar el paso, las fiestas siempre la llenaban de ilusión. *Una sorpresa*, pensó.

Al entrar, admiró la enorme alfombra roja en la entrada. Agradeció el esfuerzo, era distinta a todas las vistas, tan elegante. Eran muchos los que se dieron cita y todo parecía tan formal. De nuevo, una sonrisa asomó en sus labios.

Se le acercó un hombre y lo saludó cortésmente. Su cara no le resultaba familiar, sería algún amigo de sus invitados, sospechó. Susurró en su oído algo que apenas entendió y, ella, movió sus manos hacia su espalda. El oficial le puso las esposas. Viendo el cadáver de su marido, levantó la mirada al policía y le dio las gracias.

Finalmente, un pequeño murmullo escapó de sus labios

— Gracias oficial, por fin en libertad.

Una enorme calma invadió su ser y ya no escuchaba el latir de su corazón, ni su ensordecedor respirar.

NAOMI STAKHOVSKI

Se levantó súbitamente de la cama bañada en sudor y con una angustia que la dejaba sin aliento:

—¿Dónde está Naomi?— gritó.

Caminó a ciegas buscando el interruptor de la luz y se cayó tres veces. Era la primera noche que dormía en esa casa, tropezaba con las cajas que aún no había vaciado.

—Vida nueva, nuevo comienzo, no encuentro nada, y Naomi, ¿la habré dejado perdida?

Tropezando llegó al interruptor de la luz del baño y echándose agua en la cara recordó a Naomi. La primera vez que la vio tenía tres años. Inanimada y desde la sala cerrada con puertas de cristal en la casa de su abuela, la invitaba a jugar.

—No se puede jugar con Naomi, es frágil—, le decía su abuela y ella nunca lo pudo entender. Recordó cómo años más tarde robó las llaves de aquella sala mágica y se la llevó. Le pegaron una paliza, su abuela estuvo sin dormir una semana, buscándola. Esa semana maravillosa donde ella y Naomi fueron cómplices de los secretos de la pre-adolescencia.

El día de la muerte de su abuela, su madre le entregó una nota: *Querida Laura, Siempre fuiste mi nieta traviesa. Quiero que te hagas cargo de Naomi. Ahora es tu responsabilidad, recuerda que desde el cielo te estaré cuidando.*

Laura prometió cuidar y proteger a Naomi, su abuela se la había confiado, qué alegría tan grande sintió. Naomi era perfecta, vestía un traje impecable, tenía el pelo rubio en bucles, los labios carmesí y los ojos azules cristalinos. La había acompañado toda la vida.

—¡La verdad es que con todas las preocupaciones que tengo encima, ni tan siquiera sé cómo voy a llegar a fin de mes, a mí nada más se me ocurre preocuparme por Naomi Stakhovsky!— gruñó ante el espejo. Miró la hora, las 3:00 de la madrugada, había perdido el sueño.

Se miró al espejo y vio como sus años de juventud iban desvaneciendo. Líneas aparecían en su frente, en los alrededores de sus ojos y hasta marcaban el entorno de su sonrisa, una sonrisa que ya no era tan frecuente. Pensó que se tenía que pintar el cabello, las canas se asomaban y no se podía permitir que la vieran de esa manera.

—Naomi no se tiene que pintar el cabello, no se arruga, no se pone vieja, no la cambian por modelos más nuevos, ni tan siquiera tiene que pensar como llegar a fin de mes. ¿Dónde estará Naomi?

Decidió dejarse de tonterías y fue al cuarto de su hija para verificar si estaba bien. La La encontró dormida con Naomi en brazos y no pudo evitar soltar una carcajada.

—*Traviesa como la madre*— pensó Laura, mientras cogió a Naomi en brazos y se la llevó a su cuarto.

La muñeca la miró sin alma como el primer día.

—*Solo vivo en ustedes, en mi vacío de porcelana guardo sus experiencias y, aunque nunca tendré una arruga, tampoco experimentaré una lágrima, una sonrisa, un cálido beso, un sueño. Estaré condenada hasta el infinito con todas las vidas que ya no están y con las que quedan por venir, hueca sin vida y sin muerte.*

Una lágrima asomó en la mejilla de Laura.

Y FUE UN LUNES

No viene 'ná..." pensaba Marta mientras atendía al informe del tiempo de las 6:00 de la mañana.

— *El huracán Marta presenta vientos máximos sostenidos de 200 millas por hora, se ha convertido en una seria amenaza para Puerto Rico y el Caribe. Esperamos que haga su entrada por Ceiba mañana a las 4:00 de la madrugada. Le pedimos a la ciudadanía que termine sus preparativos cuanto antes. El huracán es categoría 5 y podría intensificarse.*

No tenía tiempo para pensar en huracanes. La tormenta vivía con ella, la pela de la noche anterior la había dejado con dos costillas fracturadas y en muletas. Por lo menos, esta vez no le marcó la cara, se le acababan las excusas para dar a sus hijos. *"...y fue un lunes... ¡saca la pata!...35¢...no lo olvides"*. Aquellas palabras que habían sido almacenadas en el baúl de los recuerdos, retumbaban en su cabeza con más vigencia que nunca. *¿Qué habrá sido de Quique Macongo y de la Mora?* suspiró, mientras una lágrima corría por su mejilla. Coqueteaba con la idea de desaparecer con su tocaya. Dirían que se la llevó el viento, que se fue con ella misma, en fin, que el golpe de su agua la elevó hacia la plenitud.

Decidió terminar de vestirse para ir al colmado y a la gasolinera. La aventura del supermercado el día antes del huracán... una experiencia puertorriqueñísima. El país entero se desbordaba en los comercios y arrasaban con todos los productos enlatados y de primera necesidad. Era la zafra comercial del tiempo muerto, las tiendas tenían ganancias insospechadas. Solo quedaban dos latas de salchichas, alguna que otra jamonilla solitaria, traían más agua embotellada, en fin, era tarde para Marta hacer sus compras. Agarró lo que pudo, se acordó del ron de Paco, y se dirigió a las cajas para pagar y seguir con el lunes pre. Las filas en las gasolineras eran interminables, decidió acercarse al sector de la playa para ver si tenía mejor suerte. Allí, cerca de La Mora, encontró un pequeño puesto con solo diez carros en turno. *No todo estaba perdido,* pensó.

La invadían recuerdos de su juventud. Una vez terminó de llenar el tanque de gasolina, se dirigió a la playa. Parecía que el tiempo se había detenido en aquel lugar. Se bajó con sus muletas en el Colmado-Barrita Yasmín y estaban todos sentados en la misma mesa de dominó jugando, a ficha el pase. Tenían de frente sus acostumbradas canecas de Llave Supremo y las miradas en el infinito. Pidió reemplazar a los perdedores y, una vez terminada la partida, se sentó como en los viejos tiempos a echar una manigua. La saludaron como si la hubiesen visto ayer y le recordaron que el dominó era juego de mudos.

Pasaron muchísimas horas, se hacía tarde para Marta. Paco llegaría y, si la comida no estaba lista a tiempo, se enojaría. Quedaba mucho por hacer en la víspera. Don Ismael tenía arroz y los enlatados que no había conseguido en el colmado. Se despidió de sus viejos amigos de antes y de siempre pero, faltaba Quique. Salió apresurada cuando en la puerta, Quique. Le agarró las bolsas que llevaba en las manos para que pudiera caminar mejor con las muletas y se las acomodó en el baúl del carro. Un abrazo selló la despedida.

Llegó a su casa, preparó la cena, puso las tormenteras, estudió con los niños y se preparó para recibir a Paco. Los vientos comenzaron a azotar a eso de las tres de la madrugada. Paco estaba tan borracho que no podía pararse del sofá y se había roto la tormentera de la sala. Estaba entrando agua y viento al área del televisor. Los vecinos gritaban de miedo, ya no había luz, aunque el generador estaba funcionando.

De repente sintió un fuerte grito y un golpe en la nuca. Estaba en la Mora, las olas acariciaban sus pies, la arena caliente y una voz le susurraba al oído "*...y fue un lunes...*" Se levantó a duras penas cuando

—Inepta!!!! Recoge este reguero!!!!

Cojeando llegó a la cocina para buscar hielo y algo con que limpiar cuando mira las bolsas que había comprado antes. Las levanta y un paquetito cae en sus pies con una nota que leía "*¡SACA LA PATA!*"

Llegó a la sala, deslizó su dedo en la 38 y disparó. En ese instante un árbol destruyó la puerta de la sala. Se dice que el viento se llevó a Paco y nunca regresó.

LA PESCADORA

Madrugada en el puerto. Hincados frente a la Virgen del Carmen los pescadores piden protección y sustento. María de la Cruz, por decir alguna, los acompaña en la plegaria. Como todos los días, les lleva una cesta con bocadillos para la faena. Regresarán en la tarde con la pesca o sin ella. María de la Cruz, con su canasta en mano y la voz afilada, llevará el pescado al comensal portuario.

— ¡Pescado fresco regalo del mar, hoy de cherne el especial!

Doña Sara vivía angustiada. No le gustaba que su hijo saliera al mar. Al igual que su padre y su abuelo, su hijo Pedro era pescador. Se levantaba de madrugada y emprendía su viaje diario en busca de suerte. La pesca era el único ingreso de su familia, ahora sólo compuesta por él y su madre. Eran muchos los hombres que había reclamado y ella bien lo sabía. Perdió a su hermano, a su suegro y a su marido a manos del Atlántico. Traicionero y místico, a veces regalaba a manos llenas y otras tantas tan caro cobraba la osadía. Fueron muchas las veces que le pidió a su hijo que terminara la carrera, que se fuera lejos de esa costa. Ella se las apañaría. El no quiso abandonarla, además se había enamorado.

María de la Cruz se alimentaba de ilusiones. Esperaba cada amanecer para ver a Pedro, de vez en cuando y cuando el tiempo estaba bueno lo acompañaba a pescar y encontraba en aquellas aventuras su felicidad. En las tardes recibía a los pescadores en el puerto. Llevaba una canasta en las manos y otra en la cabeza, pregonaba por las calles y vendía el pescado y mariscos a sus compueblanos. Luego repartía el dinero entre los pescadores que le habían confiado la venta de su captura.

Aquel verano todo era algarabía, el sol resplandecía, el mar estaba en calma y la pesca en bonanza. Pedro y María salían frecuentemente a pescar y en el medio del gran océano se juraban amor eterno. En ese idílico verano, él le propuso matrimonio.. Había arreglado el anillo de su abuela y se lo entregó una tarde de julio con la promesa de su amor eterno.

Doña Sara había olvidado por un rato su pena, adormecida por la buena pesca y la esperanza de ver su vida llena de júbilo, con la posible llegada de los nietos. Nueva vida que postergaría la suya, oportunidades de romper el ciclo del dolor, de reinventar el destino.

Transcurrieron los días en calma con la ilusión de la certera boda en primavera.

Llegó el otoño y el tiempo de borrasca. El hombre salía solo estos días, el mar no estaba para historias de amor. Gigantescas olas hacían difícil la navegación y la pesca cada vez más escasa apenas cubría para el sustento. Los pescadores estaban desanimados y hablaban de buscar otros trabajos.

Aquella mañana, después de la oración, María de la Cruz le pidió a Pedro que no saliera. Doña Sara hizo lo propio. Era un día borrascoso, las nubes grises y la playa llena de olas que amenazaban con tragarse las calles del puerto.

María de la Cruz se quedó en el puerto, frente al altar de la virgen, la lluvia y el viento azotaban su cuerpo, pero ella decidió esperar el regreso de su amado. Al llegar la tarde, armada de sus cestos fue a recibir a los pescadores. Tres botes habían entrado y ya tenía en sus canastas el pescado. Pregonaba sin alejarse de la playa, él aún no había llegado. Preguntó a sus compañeros si lo habían visto y le comentaron que no había forma de estar allá afuera, las olas y las tormentas eran muy fuertes. Ellos regresaron temprano.

María esperó toda la noche en la orilla, su amado no llegó.

La mañana siguiente, una soga en el agua hacia la playa, María entró en su busca y se enredó en sus pies subiendo hasta la canasta en su cabeza. La voz del hombre le susurró al oído: —
Ahora soy del mar.

Una lágrima corrió por su mejilla hasta el agua y convirtiéndose en espuma se apoderó de sus pies transformándola en estatua.

Desde entonces espera en la orilla por las caricias de su amado que llegan en la efervescencia de las olas.

NOCHE DE RONDA

Recuerdas aquella noche de verano y sonríes. Es que viste el espectáculo más hermoso de tu vida y fue en Lajas. La noche en que sin luna y sin luces navegaste hacia la Bahía Fosforescente para nadar solo. Fuiste el dueño y señor de La Parguera.

Saliste en yola del muelle de los pescadores y paraste en Mata la Gata, te diste unas cervecitas y jugaste dominó con tus panas. A las 9:30 de la noche, luego de una paliza, decidiste salir en tu aventura. Llegando al Cayo Enrique te llamó Manolo al celular para que regresaras a Mata la Gata, porque tenían una revancha casada en el muelle. Viraste, seguro de que mientras más entrada la noche, más oscuridad y mayor bioluminiscencia habría. Abrazaste a Manolo al llegar y le aseguraste la victoria.

Una pareja de turistas americanos te contaron que se habían pasado la tarde en Caracoles y que comieron pastelillos de Chapín en el poblado. Te comentaron que habían alquilado ese pequeño "Boston Whaler" en el muelle de los pescadores a cincuenta dólares el día más la gasolina y el seguro. Estabas seguro de que era el de

Carlitos y te alegraste, el tipo estaba bien *arrancao*. Aquellos americanos te producían una sensación rara, sentías mariposas en el estómago al mirarlos con esos ojos tan grandes y casi transparentes. No sabías si era que te daba vergüenza darle al difícil o que siempre te pareció, por verlos tan blanquitos, que eran como desteñíos de mente. De todas formas dijiste los ¨good nights¨ y volviste a la aventura. El juego de dominó se extendió hasta casi las doce de la madrugada y ganaron por *capicú*.

Al salir escuchaste en la radio que había un cardumen de balajús cinco millas al norte y que estaban sacando cartuchos. Decidiste ir en busca de algunos chillos porque le gustaban a Mara, tu novia, que estaba visitando a su mamá en Mayagüez y regresaría mañana. Ella prepararía unos buenos cartuchos al horno pa'l almuerzo de mañana. Ocho chillos y dos horas más tarde llegaste a la bahía Fosforescente. Eran las tres de la madrugada.

Te quedaste en traje de Adán, iluminaste la bahía y se te encendió hasta la imaginación. Los peces que se te acercaban parecían estrellas en un mar de constelaciones de luz y armonía. En el éxtasis no viste el enorme aparato que se te acercaba desde lo profundo. Sólo recuerdas un estallido a blanco...

Cuando despertaste, Mara estaba a tu lado en la cama del hospital. Presentabas laceraciones quirúrgicas en todas partes del cuerpo. Viste a los americanos de Mata la Gata cruzar el pasillo. ¡Ahora yo decido por ti, Manolo!

Bitácora de operaciones de campo:

Espécimen #9,544 - intervención exitosa. Muestras tomadas. Se ha logrado el control total del sujeto y tenemos acceso a toda la fuente de datos y emociones dentro de su cerebro.

Arlene Carballo

Arlene Carballo
Biografía

Arlene Carballo nació en San Juan, Puerto Rico (1961). Es Escritora y tallerista y comenzó a escribir profesionalmente en el 2009. Posee una maestría en Creación Literaria de la Universidad del Sagrado Corazón y terminó sus estudios post graduados en Administración y Salud Pública. Es la pasada vicepresidenta de la Cofradía de Escritores de Puerto Rico y pertenece al Comité de Escritores del Festival de la Palabra; en la 5ta edición de este evento literario (2014) fungió como Coordinadora del Programa Escolar y presentadora.

Su microcuento La herencia fue premiado con una mención de honor y forma parte de su primera publicación, el libro de autora "Mujeres que se portan MAL" (2013), una antología de cuentos sobre quienes se atreven a retar las reglas para cambiar el mundo en el que se desenvuelven.

En el 2014 publicó el cuento infantil El pelo MARAVILLOSO de la Surrupita que contiene 20 ilustraciones realizadas por su hija menor, Isabel Fadhel Carballo.

Sus relatos son parte del material didáctico de la Universidad de Puerto Rico, de la Universidad del Este de Carolina y de la Escuela de Lenguas Europeas y Latinoamericanas de California, Estados Unidos. Algunos de sus trabajos han sido publicados en periódicos y revistas.

MEMA

Desde la cocina, Mema escuchó las voces de sus hijas, Eloísa y Sara, en plena discusión. El portazo fue el indicador de que el altercado había terminado. Mientras preparaba la cena de viernes santo, se dijo que la situación familiar no podía continuar así. Cada dos o tres meses se decía lo mismo y nada cambiaba en su hogar. Doña Inocencia —Mema, para sus hijas y nietos— era incapaz de poner límites a su familia y esa debilidad la llevó a permitir que sus dos hijas y sus cuatro nietos se mudaran a su casa.

La abuela se dijo que los problemas comenzaron cuando Sara vendió el apartamento, por culpa de los perros de Angelito. Sara había conseguido comprar la residencia de bajo costo por su condición de madre soltera con tres hijos. El condominio, que estaba subsidiado por el gobierno, fue su gran oportunidad de ser dueña de una propiedad.

Sin embargo —a los doce años y con la hipoteca salda—, Sara decidió que no podía seguir viviendo allí porque, pese a su céntrica localización, a la cercanía de la escuela pública y de la estación del tren, la prohibición de mascotas le era demasiado onerosa.

Angelito amaba a esos perritos que su madre le había comprado debajo del puente del Expreso Las Américas por seiscientos dólares. Sara adquirió la parejita de pomeranians con el dinero que le pidió prestado a su mamá (y no le pagó) para complacer al nene que llevaba tantos años pidiendo un perrito. Los animales residieron con ellos como ilegales. A los tres meses, la perrita parió y el chillido de los cachorros recién nacidos los delató.

La abnegada madre de Angelito se rehusó a privar al jovencito de la compañía de sus canes y, sin reflexión alguna, vendió su única posesión para instalarse en casa de Mema donde ya vivían, por los últimos siete años, Eloísa y su hijo.

Desde el comienzo, lo convivencia en familia fue difícil. Angelito dormía con los perros en su cuarto y les mantenía el acondicionador de aire encendido durante el día para que no sufrieran de calor. El gasto de energía eléctrica se reflejó en la cuenta mensual y, de inmediato, comenzaron las batallas.

Mema optó por privarse del uso de la secadora de ropa para reducir el gasto. No obstante, Sara se resistió a tal sacrificio y continuaba utilizándola. Su madre, que jamás la confrontaba, prefirió remover el botón de encender la secadora para impedir su uso. La otra recurrió a diseñar una estrategia para encender el equipo con un destornillador. La compra de víveres, el consumo de agua y el uso del automóvil de la abuela eran otras fuentes de conflicto.

En la cocina, doña Inocencia se cuestionaba las razones de tanto problema mientras desmenuzaba la penca de bacalao. No entendía el porqué si ella hacía todo lo posible por complacer a sus hijas y jamás les negaba pedido alguno.

Cuando Eloísa se antojó de casarse a los dieciséis años con un novio de la escuela superior, doña Inocencia, en contra de su marido, le consintió el capricho. Acogió a su hija y al nuevo esposo en su hogar sin imponer un plazo o una regla. Después de que la recién casada tuvo a su niño, la abuela fungió como niñera para que la parejita pudiera salir y divertirse sin la carga de un niño. El matrimonio se disolvió a los pocos años de haber formado un hogar propio y en cuestión de unos meses, Eloísa retornó al hogar por no sentirse apta de criar sola a su hijo. La historia de Sara incluía tres embarazos de un hombre casado que llevaba años en espera del momento propicio para separarse de su esposa.

Fue cuando pelaba los guineos hervidos para la serenata de bacalao que Mema escuchó los golpes afuera. Su nieto, Angelito, la llamaba con urgencia. El alboroto alertó a Sara y ambas salieron para encontrar al joven desesperado por entrar. Lo perseguían unos maleantes a los que debía dinero. Luego de abrir los portones de la marquesina, la abuela vio cómo Sara abofeteaba a su hijo y se voceaban insultos que la avergonzaron ante sus vecinos. Intentó intervenir en la trifulca. Metió una mano para separarlos y recibió un empujón que la lanzó a rodar cuesta abajo hacia la calle. Ofuscados por la riña, los otros ni la miraron. Del golpe, Mema se fracturó la cadera y el intenso dolor le provocó un paro cardiaco. Los residentes de enfrente salieron a atenderla y llamaron a los servicios de emergencias médicas.

Durante cinco días, doña Inocencia agonizó en la unidad de cuidado intensivo, mientras en su casa se debatían a quien le tocaría cuidarla. Murió sin escuchar las excusas que se lanzaban sus hijas para no visitarla en el hospital.

Los arreglos funerales causaron más discordia en la familia pues Sara estaba enterada de que su madre tenía unos ahorritos separados para su entierro. Fue ahí que descubrió que su hermana los tomó, en calidad de préstamo, para ir a una entrevista de trabajo en Florida. No la contrataron, pero aprovechó y se llevó a su hijo para que visitara los parques de diversiones. De la aventura, retornó a los dos meses, luego de gastar todo el dinero.

Debido a que la familia carecía de los medios para enterrar a doña Inocencia como era su deseo, la cremaron en el lugar más económico. La única misa que se ofreció en su nombre la pagaron los vecinos con una recolecta. Allí, Eloísa y Sara lloraron hasta casi desfallecer de dolor ante la pérdida de su madre. Al final de la ceremonia, se disputaron quién llevaría las cenizas al hogar. Esa noche, otro conflicto surgió porque ambas deseaban poner la urna en su cuarto.

Al año, el banco ejecutó la casa por falta de pago. Las hijas de doña Inocencia abandonaron el hogar de su niñez con unas pocas pertenencias que acomodaron en el vehículo de Eloísa. El de la abuela lo dejaron estacionado en la marquesina; era un trasto inservible luego que el motor se quemara por falta de mantenimiento.

La familia de Sara vive en un apartamento de alquiler muy pequeño, sin los perros. Allí, secan la ropa al sol y, por las noches, se refrescan con un abanico. Luego de perder el auto en otro choque, Eloísa se mudó cerca de una estación del tren.

Las hermanas ya no se hablan porque, durante la mudanza, no se sabe cuál de los nietos tumbó la urna de las cenizas y nadie quiso recogerlas.

(Publicado en la colección de cuentos "mujeres que se portan MAL", 2013)

LA HERENCIA*

Luego de permanecer ocho días sepultada, un equipo de expertos rescató a la anciana del edificio derrumbado a causa del terremoto en Haití. Un grupo voluntario de médicos especialistas que socorrían a las víctimas operó su cadera fracturada y le insertaron ocho tornillos de titanio. La paciente convaleció en la unidad quirúrgica del submarino estadounidense SS Madison por tres semanas. Ya restablecida, pudo volver a las calles de Puerto Príncipe a mendigar.

A los tres meses, murió de hambre. Sus nietas vendieron los tornillos de titanio para comprar pan.

*Mención de honor Certamen de microcuento Blog Desde las palabras 2010
(Publicado en la colección de cuentos "mujeres que se portan MAL", 2013)

EL GUARDIÁN

La bañaste, la perfumaste y la vestiste con el traje rojo que usó para su fiesta de cuarenta años. Le calzaste sus zapatillas rojas, las de Dorothy de "El mago de Oz", y bailaron juntos canciones infantiles. La acompañaste a ver su película preferida, Bambi, y lloraste con ella cuando el pequeño ciervo quedó huérfano, como habían quedado ustedes dos. Le besaste la frente y la acostaste a dormir la siesta, como a una niña, aunque ella te rebasaba en edad.

Vestiste de saco y corbata, luego desechaste los medicamentos que habían fracasado en extender tu vida. Pensaste en ella, sola e indefensa, y resolviste que era la mejor decisión.

Amarraste una parte del cable a su cuello, apenas si resistió… (era a esa mansedumbre a la que temías). Te colgaste de la lámpara de su cuarto para que no estuviera sola, para protegerla aun después de la muerte.

(Publicado en la Revista Trapecio de mayo 2014)

MECHITA GANA UNA

La ramera percibió el orgasmo del hombre, se zafó del cuerpo y se fue a vestir. Era una de esas mujeres que le gustan a los hombres: con mucha teta, mucho culo pero sobre todo mucha disposición.

Mechita lo escuchó pedirle una ñapa, pero se negó; otros clientes la esperaban. Fue cuando quiso cobrarle por el servicio que él se identificó como un policía. Ella intentó evitar el arresto al ofrecerle la denegada faena oral, pero ya era tarde.

—Venía a arrestarte de todas maneras, pero no pude resistir darme una gozaíta contigo...

Al llegar al cuartel de la policía, el semblante victorioso del oficial Hermenegildo Esquilado anticipaba la fama que le proveería ese arresto. Mercedes Montijo (Mechita cuando habitaba aquel otro mundo) era una artista desempleada de mediocres habilidades pero con suficiente factor de reconocimiento para que la prensa amarillista de la región se allegara hasta la comandancia a indagar sobre su notorio cambio de profesión.

Aunque llegó con más ropas que cuando animaba el programa *De aquí a Piñones*, la primera finalista del certamen de belleza Miss Guayama e intérprete del sencillo *Arañándote el Pecho* llamó la atención de inmediato por lucir una espesa melena pelirroja, una minifalda estampada en imitación de piel de leopardo y una entallada blusa de cuero cuyos botones de presión se aferraban a la tela para contener unos magníficos senos tatuados con pequeñas rosas. Emisarios de la prensa farandulera ya rondaban el lugar, deseosos de una declaración y de fotos del fichaje de la olvidada actriz que de inmediato se transformaba en la etiqueta más accedida de los medios cibernéticos.

Ella pudo haber solicitado su representación legal, pero lo que buscaba era venganza por el abuso de otro agente más, por haberle informado a la prensa de su arresto y por la fanfarronería con la que Esquilado se conducía.

En la recepción firmó el relevo con dificultad y pidió asistencia para escribir su declaración.

—Tengo la mano lastimada —dijo, al levantar el brazo izquierdo.

De inmediato, se levantó el oficial Tunante para tomarle el dictado y la dirigió a un cuartucho desolado. Luego de sentarse en lados opuestos de la única mesa, ella comenzó su narración.

—Mi nombre es Mercedes Montijo pero en el club me dicen Mechita. Yo estaba en la barra cuando me di cuenta de que había este hombre bebiendo solo en la esquina. Me le acerqué y le pregunté su nombre, me dijo que le decían Gildo —Tunante levantó la vista extrañado ante el mote que jamás había escuchado—. Tú sabes, de Hermenegildo. A mí también me estuvo raro lo del nombre pero luego me enteré que fue por un dildo que le encontraron en la patrulla —el transcriptor abrió los ojos, perturbado, pero vio que la mujer asentía y lo animaba a continuar escribiendo —. Él bebía vodka y me ofreció un trago. Me habló un rato de su mujer, que no podían tener hijos por culpa de él y que eso tenía a la esposa bien triste. Era uno de esos tipos con mala suerte. El hermano se le casó con su primera novia y... —Mechita se acercó al copista por unos segundos y le susurró tapándose la boca con la mano y rozándole el cachete— ...yo creo que todavía está enamorado de ella, pero ahora es su cuñada y eso complica las cosas —luego se recostó del espaldar de la silla otra vez—. ¿Qué le puedo decir? Me dio pena y lo invité al cuarto. Creo que lo cogí por sorpresa porque hasta le dio pachó. Se puso tan colorao... parecía un nene de quince en su primera vez —el escribidor sonrió—. Me le senté en la falda y ahí fue que me di cuenta que no sentí nada debajo. El hombre no se había... inspirado —al decir esto gesticuló hacia el área púbica— y eso no pasa nunca, por lo menos a mí no —el redactor se rió para sí y miró hacia la puerta preguntándose en qué rayos estaba pensando Esquilado cuando decidió arrestar a la deliciosa Mechita—. Me imaginé que eran los nervios, pero eso no es problema. Modestia aparte, tengo el equipo para atender esa y otras situaciones más serias —le dijo, encorvando los hombros y todo su torso hacia delante para lucirle el busto terso e invulnerable a la fuerza de gravedad—. Me quité la camisa, le llevé las manos a mi pecho y poquito a poco hice que sus dedos sintieran mi piel. Le vi los ojos entusiasmados, sus manos por fin tomaron la iniciativa y me quitó la falda. Aproveché para tocarlo pero nada había cambiado —la voz de Mechita expresaba decepción y alarma, al igual que el rostro de

Tunante—, la carne en su pantalón seguía igual de monga que cuando salimos de la barra. La cosa ya estaba cansona y, como dije, yo estoy acostumbrada a que los ancianos se sienten de quince conmigo, por eso fue que le quité la ropa. Me dio un poco de repelillo cuando vi un lunar grande que tiene ahí cerquita pero se me olvidó enseguida porque lo que encontré daba pena, era algo tan encogido que casi ni se le veía. Pero yo no me quito, acepté el reto y decidí animarlo primero con la mano. A los diez minutos me di cuenta que eso solo lo remediaba con saliva y me dediqué a revivir aquel cadáver porque ya era cosa de orgullo personal, pero ¿me puede creer que no pude? Cuando me levanté hasta me dolían los cachetes. Fue ahí que me di cuenta de por qué la esposa no puede tener hijos y por qué la novia se le fue con el hermano y me dio tanta rabia que por eso fue que le pedí el dinero. Porque si él sabía que no podía, para qué me hizo esforzarme tanto. Así que ahí lo tiene. Yo le pedí dinero pero en realidad no pasó nada porque él no pudo, así que, no entiendo ni por qué me arrestó. El delito es si se paga por el sexo, pero yo no le pedí dinero por eso y además, ni me pagó, ni hubo sexo.

—¿Esa es toda su declaración? —preguntó el oficial Tunante.

—Sí.

—Pues, fírmela —Mercedes agarró el bolígrafo con la mano derecha y escribió sin molestia alguna.

—¿Se la va a enseñar a Gildo? Yo creo que él la debería ver antes de que la radique. Estoy segura de que se lo agradecería, ah, y ahora sí quiero a mi abogada, este es el número —al agente le disgustó la actitud de la mujer y la manera familiar con que trataba al agente Esquilado pero procedió a llevarle la declaración a Hermenegildo de todas maneras.

—Esquilado, aquí está la declaración de Mechita, ahora pidió la presencia de su abogada —Hermenegildo reía, vacilando entre sus amigos que debería hacer un calendario posando de superpolicía por la distinción de haber pillado en su doble vida a la mantenedora del cancelado programa radial *La morcilla mañanera*.

—Pues, llámale a la abogada, la va a necesitar cuando tenga que salir a bregar con esa jauría de periodistas.

—Y la querella, ¿la radicas tú?

—Seguro, y después a salir como quien no quiere la cosa para que me atosiguen de preguntas... una pena que no se puede contar todo, ¿verdad? —chocó las palmas de varios compañeros y salió camino al despacho.

Solo había leído unas cuantas oraciones cuando se detuvo en seco. Ojeó con rapidez, luego leyó con atención. Su semblante manifestó extrañeza, luego protesta y al cabo una furia que lo llevó de inmediato al cuarto donde se hallaba Mechita.

Cuando llegó la licenciada Nilda Luz Reyes a representar a su clienta la encontró con el pómulo hinchado por la bofetada que le había propinado Hermenegildo y con la cabeza sangrando por un golpe que se había autoinfligido para asegurarse de tener suficiente evidencia para la demanda por violación de derechos civiles.

Mercedes Montijo salió del cuartel acompañada de su abogada. La versión de los hechos incluyó una fuerte denuncia contra la brutalidad policiaca y algunos datos sobre la nueva obra de teatro que la actriz ensayaba al momento del arresto y en la cual encarnaba a la madama de una casa de prostitución.

La demanda se tranzó fuera de corte. El montaje de "Monólogos de una meretriz curandera de impotentes" auspiciado con los dineros del agente Esquilado fue un éxito.

(Publicado en la colección de cuentos "mujeres que se portan MAL", 2013)

María Dávila

María Dávila
Biografía

María Dávila nació en octubre de 1963.

Obtuvo un bachiller en Humanidades y un asociado en educación de la Universidad de Puerto Rico. Recientemente, le publicaron un poema en la Antología Fronteras de la editorial Casa de los Poetas, titulado; Barrotes de agua. Su cuento, Tres de Abril, fue finalista del Certamen Literario de Cuento Corto Oral de la Universidad Sagrado Corazón de Puerto Rico (2014).

TEMPESTAD CREADA

La Aragonesa, la amante escondida, deseaba tener al rey en sus brazos. La inquisición le pareció la solución a su tormento de amor. Entregó el diario de la reina Isabel al Juez inquisidor, representante y hacedor de la fe católica por aquellos tiempos...

"Pronto, volverá a mis brazos" —pensó celosa Aldonza, la aragonesa, esperando su turno para declarar en contra de Isabel, en el juicio cerrado y discreto, celebrado contra la reina, la cual fue la gran ausente. Nunca se supo el porqué la reina no asistió, quizás estuvo representada por Fray Fernando Talavera, quien era su confesor privado. Lo admiraba por pío y la rectitud de sus actos. Mientras tanto, era interrogada Ana.

—Verán, soy dama de la reina. Sí, tomé el diario y lo escondí. Cumplí su deseo. Cumplí la orden, me lo ordenó con su propia boca, la boca de nuestra santa reina de Castilla. Mi lealtad y admiración por ella… Entiéndanme, soy inocente, nunca lo leí. Ella cargaba con la llave de la cerradura, sólo ella lo podía abrir —dijo asustada, pero con la dignidad expuesta al decir la verdad. Se originó un aparte en el juicio, se leyó en voz alta un fragmento del diario:

Inicio el viaje hacia Granada, voy a galope, arriesgando el heredero de mi corona, no se lo perdonaré nunca. Estoy llena de celos y dolor herido, son ellos, quienes me acompañan en este viaje. Por otro lado, como la reina, voy llena de ambiciones de estado. La ira, la mala consejera, nació en mí, el día que recibí la noticia del nacimiento de la hija de Fernando en Aragón. Me duele pronunciar el nombre de la aragonesa. Mis lágrimas saben a sangre, el dolor es muy profundo. Apenas puedo respirar. Me hirió como nadie, mi hermano Enrique antes de convertirse en rey y separarme de mi madre. Son sentimientos muy contrarios a mí, contrarios a la reina y contrarios a Dios. ¡Cómo es posible, si lo amo como amo a Dios!

Hubo un silencio acogedor y el juez inquisidor decidió tirar el diario a la hoguera del salón. Las intenciones tras el gesto, que borró de la historia el importante documento, nunca se supieron. Hasta dicen; que fue un cuento de una escritora feminista herida de amor, que se inventó la historia para sanar el dolor como mejor conocía. Demás está decir, que los cargos contra la Reina fueron retirados y la Aragonesa no volvió a tener al rey Fernando en sus brazos.

TRES DE ABRIL

Observé a una señora cerca de sesenta años, mientras esperaba a que me recogieran en el aeropuerto. Noté su intranquilidad. Imaginé que la espera era importante.

—Esa señora viene cada tres de abril. Cuando la vi por primera vez, era guapísima –me comentó un maletero cincuentón y añadió-: ¿Podría darme un cigarrillo?-. Después de encenderlo, agregó: Pensándolo bien, nunca ha recogido a nadie.

Me intrigó la historia y decidí acercarme.

—Ahí está –dijo ella señalando hacia una área desierta y llorando continuó-: ¿Quién lo besa? Es mi esposo. ¿Por qué?

Ante mi asombro, un anciano cansado se nos acercó y le dijo:

—Ya llegó. No llores más. No vale la pena. Él aprendió su lección. ¿Nos podemos ir?

Entonces, no aguanté la curiosidad y pregunté:

—¿Quién aprendió la lección?

—Señora, soy su esposo hace cuarenta años, al que espera cada tres de abril. Realizo este ritual para convencerla de que, quién está a mi lado es ella y no otra.

ANTES Y DESPUÉS

Papá, Abu querido. Se acabó el gas de la lámpara. Te hablo
con la mente, dijiste que siempre sabrías mis pensamientos, aún sin
estar mirándome. Te obedecí. Me quedé en casa con *Iamá* y tía
Fátima. Sabes, no quería quedarme. Deseaba acompañarte a buscar
agua y víveres. Quería ver con mis ojos lo que estaba pasando
afuera. Pasar por mi escuela, saludar a mis amigas. Pero, me dijiste
preocupado:

—Quédate junto a tu madre, y así lo hice. Desde entonces, no
te he visto y ya van bastantes días.
Siento correr el líquido caliente entre mis piernas. Me hice mujer.
Recuerdo la conversación que tuve con *Iamá*, cuando me dijo:

—Lucirás en tu cabeza un hermoso manto—. Te confieso, no
quería usarlo y privarme de sentir la brisa secar mis hebras
humedecidas por el calor. Me dije aquella tarde, "Si sangro, no le
diré a nadie". No creía que tapar mi cabello me haría más pura. Yo
soy pura.

Pero hoy, aquí escondida como un ratón sangrante, asustada, hambrienta y sola, además de dolerme el corazón como nunca, prometo ponerme el manto y lucirlo con orgullo, por mi *Iamá* muerta y tantas otras. ¡Usaré el manto!

Hace tres días que los soldados llegaron a casa. Yo corrí a esconderme cómo me dijo *Iamá* que hiciera. Estoy en el pedazo oculto donde guardamos la leña. *Iamá* gritó, pidió por ayuda y tía Fátima murmuraba:

—Dios es Grande.

Desde mi escondite escuché sus súplicas, cuatros tiros, golpes de puertas y cristales rotos. Sigo siendo obediente, sigo escondida como me indicó *Iamá*, a pesar de que el silencio llegó a mí hace un día. Abu querido, ven a buscarme y tráeme el manto más bonito del mercado. Quiero ser una mujer palestina y gritar: ¡Dios es grande!

LA MUÑECA

Lola despertó con el deseo de jugar a las muñecas. Retiró del anaquel "la monguita", esa que tenía cara, brazos y manitas cerradas, igual a un bebé verdadero. Tenía el cuerpo hecho de tela y relleno con guata. La observó con los ojos aguados y maternales, recordó a todos sus hijos, los vivos y muertos, especialmente, a Carmen Iris, su única hija, la que vivía en el extranjero y recién había sido madre.

Esa mañana, entre los quehaceres del hogar añoró la llamada de su hija. Deseaba saber de ella y su primer nieto. El día se le perdió, cocinando el biftec encebollado a fuego lento, esperando a su marido para servirle y culminar con el rosario. Entonces, cuando empolvaba su espalda, recibió una llamada. Eran las cinco y treinta, estaba sola cuando levantó el auricular.

—Alo.

—¿Usted es la Sra. Dolores Vélez López de Victoria?

—Sí —dijo asustada al no reconocer la voz oficial.

—El ejército de Estados Unidos lamenta informarle que su hija Carmen está en nuestro hospital. Sufrió un aparatoso accidente.

—¡Qué! ¡Dios bendito!

—Debe venir a Nueva York lo antes posible. Está sola y en coma.

—¡Nooo!

Después de la llamada su deseo de jugar con las muñecas, en especial con "la monguita", se eternizó.

TORTURA DORADA

Días antes de sentirse solo y maldito, y querer ser amigo de la muerte, vio a través de las barras de la amplia ventana el trigal mecerse con la brisa lenta de aquel verano moribundo. Las espigas doradas, fuertes y lejanas danzaron en sus pupilas, quemándole la razón. Deseó morir. Grabó en su memoria el peso del saco en la espalda, el sudor de los recolectores y su esfuerzo por vivir. Nació para plasmar lo que sentía su alma. La muerte se sintió madre y conmovida le susurró en su única oreja:

—Hijo, siente, sueña y crea. Naciste para reconocer el dolor, no la alegría. No te necesito todavía.

Él repetía estas palabras una y otra vez delante del lienzo y el cuidador. Pintaba enormes círculos dorados sin medir los amarillos y ocres de su paleta. Formó estrellas eternas, vivas y brillantes sobre una noche de nostálgicos azules, donde se lee un nombre: Van Gogh.

Maritza Álvarez Machín

Maritza Álvarez Machín

Biografía

Doctora en Filosofía y Letras, con especialidad en literatura de Puerto Rico y del Caribe. Profesora en la Universidad Politécnica de Puerto Rico. Ha sido catedrática auxiliar en varios recintos académicos de la Universidad de Puerto Rico y conferenciante en la Universidad del Este y la Universidad Metropolitana (SUAGM), así como directora del Centro de Información Ambiental del Caribe.

En la fase administrativa fue la ayudante ejecutiva y directora de desarrollo institucional de tres Rectores en varias universidades. Trabajó como traductora laboral en el Departamento del Trabajo y Recursos Humanos. Fue gerente de proyectos culturales y educativos en la Oficina Estatal de Conservación Histórica (Oficina del Gobernador) y editora de Patrimonio, entre otras publicaciones sobre la cultura y el medio ambiente.

Ha trabajado como voluntaria en varias organizaciones sin fines de lucro relacionadas al medio ambiente, el turismo interno, la espeleología, la cultura, la genealogía, y los servicios legales para comunidades marginadas. Pertenece al gremio Tejedoras de Cuentos, a la Cofradía de Escritores de Puerto Rico y al Pen Club. Sus cuentos han sido publicados en la antología Cuentos de once gavetas. Es la directora ejecutiva y administradora de la Editorial La Cigarra, Inc. y gestora y autora de la Colección San Lorenzo: Pueblo de Montaña, un compendio multidisciplinario en diez volúmenes sobre el Municipio de San Lorenzo.

UN CHICO LLAMADO CHRISTO

Hace más de un año que dejé de recordar mis sueños. Eso pasa. Creo que cuando has perdido la ilusión por la vida, sobre todo por el amor, ocurre. Me sucedió a mí. Esas vivencias en Technicolor que elaboraba mi subconsciente cada noche desaparecieron. Por eso me sorprendió despertarme tan sobresaltada en la madrugada de hoy. Soñé con Christo. Pero no me refiero a Jesús, ese otro Cristo sacrificado, sino a Christo B., un búlgaro guapísimo que conocí en Hungría el verano del 1973.

En ese verano, yo estaba des-tro-za-da porque Jorge Primero, mi novio del Colegio de Mayagüez, me había dejado por negra. Lo de Primero surge porque al Primero le siguió un Segundo, que también me dejó, pero por pobre.

Como Jorge Primero me dejó desolada, mi abuela se confabuló con mi madre y con mi madrina (y con el dinero de Papito Víctor) para enviarme a Europa dos meses, a olvidar, no el amor, sino la dura patada a mi frágil ego.

En medio de un llanto incontrolable, mientras me conmiseraba por no haberlo dejado yo al él, le dije a mi abuela que iría al viaje, luego de recibir una dosis de amenazas y de correazos para que me fuera y dejara los lamentos.

Llegué a Europa con zapatacones (la sensación de los '70) y outfits con la barriguita por fuera, adquiridos en Casa Cavanaugh del viejo San Juan, porque aunque yo era de San Lorenzo, ese pueblecito cañero en las montañas de Puerto Rico, también era una Chica Cosmo de los '70, con todas las de la ley, y seguía al pie de la letra las enseñanzas de Helen Gurley Brown, *God save*! Como era de esperarse, esa chica caribeña, bronceada, delgadita, con micro-minis, de cabellos largos, negros, fue un éxito.

Al mes de iniciar mi viaje, estaba en Hungría, encaramada en las colinas de Buda, en un hotel de lujo, lleno de fanáticos de un equipo de balompié. ¿Y Jorge Primero? ¿Jorge qué? ¡Ni me acordaba!

La primera noche en Budapest caminé hasta Pest, la parte antigua de la ciudad, junto dos chicas aventureras que conocí, para comerme un *gulash*, seguido de col rellena, y para escuchar los violines de unos gitanos húngaros. ¿Dónde mejor que en tierra magiar? ¡Sublimes!

Para llegar al recinto antiguo cruzamos un bosque denso y oscuro. Se escucharon los búhos ululando y media hora más tarde, asustadas, cruzábamos el Puente de las Cadenas sobre el río Danubio. Esa noche no era azul, como prometía Strauss, sino un torrente atemorizante de aguas turbulentas y negras que me hicieron sentir frágil e insignificante. Me temblaban las piernas.

La segunda noche, lo vi. Un hombre maduro, apuesto, de ojos magnéticos, que me observaba con insistencia parado junto a una barra repleta de mujeres rubias, peinadas con moños pasados de moda, aunque La segunda noche elegantes. No llevaban carteritas de noche, sino *nécessaires* de cuero. Eran prostitutas enviadas por el gobierno comunista a mi hotel de montaña, para animar a los fanáticos del balompié y mantenerlos controlados y lejos de la ciudad.

Y ahí estaba yo, feliz e ignorante, entre las chicas de la noche, con la barriguita por fuera, cuando *Christo se me reveló*. Yo era tan tímida que retrocedí ante su sonrisa. Y cuando volví el rostro para irme, lo estrellé contra una columna de mármol. De la vergüenza, corrí hacia mi habitación. Excúsenme, por favor, yo era jovencita, y de las montañas de Puerto Rico.

Una vez en la habitación, telefoneé a una chica que conocí en el viaje y regresamos a la barra para buscarlo (idea de ella, no mía). Era anticuario, búlgaro, diez años mayor que yo, y hablaba su idioma, alemán y francés. ¡Lagarto sea!- pensé. Menos mal que las hormonas hablan en cualquier idioma y yo había estudiado francés tres años en Mayagüez.

Así, entre balbuceos, nos enamoramos al instante. Él tenía 32 y yo, 22. Bailamos hasta las 4 de la madrugada, apretaditos, calientitos. Y quedamos en vernos la noche siguiente en Viena, porque en unas horas me iba en guagua para Austria.

Y no pude llegar a mi cita. Llegué a Viena a la media noche, desesperada. No existían los celulares, ni la Internet, ni sabía el nombre de su hotel; y ni siquiera recordaba el mío. Por eso tardé en llegar. Y lo extrañé durante todo el recorrido por las capitales de Europa, a pesar de Gianni el italiano, Unkas el yugoslavo de Zagreb, y un legionario madrileño que se iba para la Guerra del Sahara Español (y al que por poco sigo hasta Marruecos, de no haber sido porque no me vendieron el pasaje que quise comprar en cinco agencias de viajes del Madrid de Franco) ¡Que vivan las represiones de Francisco Franco! ¡Que viva la doble moral del franquismo! Si no hubiese sido por ellas, hubiese estado yo viviendo en Marruecos, de esclava en un harén, o trabajando de sirvienta vieja.

Cuando llegué a San Lorenzo, me esperaban dos cartas de Christo.

1*Mon cher chaton: Je te pries beaucoup de m'ecrire. Ecris moi vite. Je pense tres souvent a toi. Je me souviens Boudapest... J'espere que je te recountre au mois d'octobre en Paris. Ecris moi si tu es d'accorde de venir et rester chez moi....*

Nunca fui a verle, pero le escribí esporádicamente durante años. Recibía cartas de él reprochando mi abandono.

2*Pourquoi tu n'ecris pas? Je pense bien a toi.... Je sais que'l y a beaucoup de kilometer entre nous. Mais je veux bien de te revoir.*

Hablamos por teléfono por última vez cuando abandonó Polonia, en donde vivía cuando cayó la Cortina de Hierro el 19 de agosto de 1989 y se trasladó a vivir al Canadá.

Años más tarde concluí que Christo era espía, y no anticuario (o ambas cosas). En esos años en que Bulgaria era uno de los países

---

1 Mi querida gatita: Te ruego que me escribas. Escríbeme pronto. Yo pienso mucho en ti. Yo recuerdo Budapest. Espero rencontrarte en octubre en Paris. Escríbeme y dime si estás de acuerdo en quedarte en mi casa …

2 ¿Por qué no me escribes? Pienso mucho en ti. Sé que nos separan muchos kilómetros. Pero deseo mucho volver a verte.

satélites de Rusia más oprimidos, Christo viajaba de un país a otro, con total libertad. Me escribía desde Paris, Londres, Sofía, Berlín, Viena, Bruselas, Varsovia y Budapest. Y transcurrieron los años. Aun guardo sus cartas y retratos en una cajita azul, amarrada con una cinta azul, para conservar la memoria de ese Príncipe Azul de los Balcanes, tan apasionado.

El martes, 27 de octubre de 2014 soñé con Christo. Hacía mucho que no pensaba en él. Lucía joven, como cuando lo conocí en Budapest hace ya 41 años. Yo estaba de pie en un andén de la estación del tren en Budapest, cuando pasó él, recostado en el asiento de uno de los vagones. Era un tren que se deslizaba a toda velocidad por un túnel interminable. Traté de detenerlo, pero no pude. Nuestras miradas se cruzaron con intensidad. Estábamos vestidos igual que esa noche en Budapest. Él, con su camisa azul, y yo, con mi *pantsuit* azul y blanco, *bell bottom*, con la barriguita por fuera.

Sé que Christo murió el martes. Se deslizó dentro del túnel que lleva a las almas rumbo a la otra dimensión en donde no existe el dolor. Pero quiso despedirse de mí, como debe haberlo hecho en otras vidas.

En una consulta que tuve hace unos meses para acceder a mis Registros Akásicos de vidas pasadas lo identifiqué a él (y a otro hombre maravilloso, a esa alma gemela mía, que ha dejado una huella imborrable y que me hizo dejar de soñar).

Dice mi Registro Akásico que en una vida pasada, Christo era un joyero de la Corte Real en Budapest; y yo, su amante, una monja rebelde, y nos amábamos en secreto. Al parecer, ese amor nunca se consolidó, ni en esa vida, ni en esta.

. En el momento en que Christo apareció en mi Registro Akásico recordé algo significativo En la primera carta que le escribí, incluí una foto mía. Pero no era una foto de Maritza con sus micro-mini faldas y su pelo alborotado. Yo había recortado con cuidado un hueco en el rostro de la pintura de una monja bizantina, pintada por Raphael, y había colocado mi rostro en donde estuvo la cara de ella. Cuando Christo recibió el *collage*, escribió de vuelta, desde Berlín, el siguiente mensaje:

[3]*Ma chere biche:*

... j'ai reconnu le visage cher a mon cour et quell j'aimerais bien embrasser (bises). ... Mais le jour quand je serai avec l'originale charmante ça sera la tempete bissssssssessss!

Hasta pronto, Christo, corazón. Fue grato volver a ver le *visage cher a mon cour et quell j'aimerais bien embrasser.*[4]

---

[3] Mi querida nenita: he reconocido el rostro amado con todo mi corazón, aquel que desearía besar muchas veces… el día en que vea de nuevo ese rostro encantador… se desatará una verdadera tempestad de besos…

[4] Tu cara querida con todo mi corazón, aquella que yo quisiera besar muchas veces.

MI MARIDO

Hoy decidí que no me iba a morir. Todavía no. Mi marido ofreció comprarme una enorme corona de flores plásticas para cubrir mi tumba. Yo quería gladiolas, no flores plásticas. Y él lo sabe. Lo dijo por mortificarme. Por eso nada más, no me muero. Por contradecirlo. Por castigarlo, porque siempre está hiriendo mis sensibilidades hasta el último momento.

No sé para qué me casé con un hombre así. Lo miro y me parece de marte. Un demente. ¿Qué fue lo que vi en él? Cuando yo lo conocí era tan guapo. Alto, de pelo negro, largo y ondulado. Le llegaba hasta los hombros. ¡Ahora tiene pelo hasta dentro de las orejas! ¡Uy!

Me vio en la cancha de tenis en el Colegio de Mayagüez, cuando yo era PREPA, y me comía con los ojos. Él dice que fue un flechazo instantáneo. A mí, me tomo más tiempo reparar en él. ¡Pobrecito! Yo apenas si lo miraba, ciega de amor como estaba por mi maestro de gráficas de ingeniería.

Mi maestro me llevaba a bailar los sábados a la playa de Guanajibo. Y en aquel local oscurito me acurrucaba en sus brazos fuertes y velludos, al ritmo de Los Ángeles Negros, y me hacía suspirar. ¡Ay! De pensarlo nada más, me derrito. ¡Tanta anticipación! ¡Tanto esperar por lo desconocido!, porque yo era virgen. Totalmente virgen. No semi-virgen, como las de ahora. Pero, de madrugada me devolvía al hospedaje, así… sin tocarme. Sin más ni más. Se iba, y me dejaba encendida de pasión, anhelante de sus besos, con el corazón latiendo a las millas; derretida. Y –virgen… com-ple-ti-ta. Hasta de boca, porque ni besaba. ¡Qué tipo tan ex-tra-ño! Pensándolo bien, si no fuera porque leí en la prensa que está preso por sátiro, por tráfico de menores, de ne-nas, hubiese pensado que no le gustaban las mujeres. Pero, bien. Mejor que no me besara.

Mi abuela decía: "Las mujeres decentes puertorriqueñas no piensan ni en sexo ni en hombres desnudos. Piensan en la Virgen María. Tú, no seas como las americanas. Fíjate bien en la Estatua de la Libertad. Tiene un dedo apuntando al cielo bajo la antorcha y parece que anuncia que ahí, *Not even one is a virgin*. Así es allá, concluía. Tú, protege la mosca, que si la regalas, después, nadie te la va a querer. Manoseada, no se vende.

Pero bueno, el lunes, cuando estábamos de vuelta en el salón de clases, mi maestro y yo fingíamos que ni nos conocíamos. Era bien emocionante. Yo… solita entre veinticinco hombres… y el maestro. Yo, con mi micro-mini-falda, encaramada en la banqueta alta de dibujo, con medias nylon y tacones de tres pulgadas, con la mano izquierda estirando en vano la escasa tela del vestido, cada cinco minutos, y con la otra tratando de dibujar a mano alzada soluciones de problemas en el espacio. ¡Qué espacio, ni qué espacio, si el maestro estaba buenísimo! Que si principios de proyección, puntos, líneas, planos, figuras en tres dimensiones, secciones transversales. ¡El colmo del aburrimiento!

Yo quería ser arquitecta. Tomé el examen, lo aprobé y no me admitieron en la Escuela de Arquitectura. Entonces tuve que irme a Mayagüez, para el beneplácito de mi madre matemática. Si quería matemáticas debió haberse ido ELLA de nuevo a la Universidad. Y no someterme a mí a dibujos isométricos y oblicuos. ¡Caramba! ¡Mi vida era tan complicada en esos días! Jaranas los fines de semana… pelo estirado a planchazo limpio, las complicaciones con el vestuario diario, y chicos guapos… y solos; montones en esa época en la que las chicas no querían ser ingenieras.

Pero volviendo a mi marido. En esos días, de joven, mi marido era insistente. Tenía, ¿cómo lo digo? *Spunk*. No era la plasta indolente en la que se ha convertido hoy, y a los tres días de verme, me abordó de lleno. Yo subía los *bleachers* de la cancha de tennis, y él los bajaba apresuradamente, golpeando cada asiento con una raqueta de metal, como si con eso practicara un *drive*. En ese mismo instante debí darme cuenta de que era un morón. Luego de unas frases insustanciales y de varias incoherencias, y en medio de un tartamudeo, me invitó a jugar, cuando era obvio, por mi sudor y la prisa, que yo había terminado mi partido y me iba a las duchas a cambiar.

Entonces se me fue detrás. Y en cuatro días, me había besado junto a la casa del Rector, que era un chico de nombre Arrarás, algo viejo, pero guapo también. Y me besó hasta dejarme sin aliento; con una intensidad, que nunca había mostrado el maestro de Mayagüez, inmerso como estaba en sus gráficas de ingeniería.

Ese gol se lo anotó mi chico y pudo haber sido el maestro, que de paso, se volvió hostil conmigo y hasta me dejó de hablar, cuando alguien de su fraternidad le contó que me habían visto besando a otro chico debajo del árbol de mangó desde donde se divisa el campus entero.

No hay nada peor que un hombre chismoso. Aunque nunca supe quién de mis admiradores le fue con el cuento, creo que fue Joselito, que estaba fu-rio-so conmigo porque nunca quise salir con él, aunque me explicaba los problemas de cálculo en la biblioteca. Pero, ¡qué pretensiones! En el cielo todos iguales, pero en la tierra, ¡NO, señor!

Y vengativo que era ese demonio. Se presentó en mi hospedaje chorreando perfume barato y me invitó a una jarana. Yo, que era brusca en ese tiempo, le dije que no y le cerré la puerta. Pero luego, cuando tuve que estudiar para el final de cálculo y me di cuenta de que no entendía nada de derivados, ni de integrales y ni siquiera recordaba la regla de la cadena, tuve que llamarlo. Y aceptó ayudarme. Me citó en la cafetería y entre problema y problema me ofreció varias veces unos Cliclets Adams de textura gomosa. Y los mastiqué, y ni cuenta me di de la diferencia. Y me enfermé. Como a las seis horas, ¡me puse gra-ve!

¡Malditos Ex-Laxs! ¡Una sobredosis de Ex-Laxs! Como yo no sabía que existían, me los masqué. Cinco, me atragantó. ¡Como si hubiese estado estreñía! Y me dieron unas diarreas líquidas, como por tres días. Y yo, que eran flaquita, quedé estragá'.

Y encima de esa presión, mi maestro casi me cuelga en su curso. ¡Pobrecita de mí! Dejó de traerme las asignaciones hechas para que se las entregara al finalizar la clase, como hacía antes. Del golpe, tuve que cambiarme de concentración. Y como mi chico tiró la bola a mi cancha, se la *drivié.* Y me casé ese verano, con velo y corona… y preñá, por un error de cálculo. ¡Quién iba a decirlo de este grandísimo morón! ¡Ni eso supo evitar! ¡Me desgració la vida!

Mi marido tardó ocho años en hacerse ingeniero (pero bueno, mi hermano se tardó diez). A mi chico lo ayudó un fraterno que fue nombrado Decano en la Universidad porque su papá había sido ya Vicerrector. Parecen títulos hereditarios. Yo fui maestra de elemental hasta que mi niña llegó al tercer grado y decidí que era muy complicado asistir a la escuela, al gimnasio, al salón de belleza, atender a la empleada doméstica, y encima de eso, tener intimidad con mi marido, no porque me gustara hacerlo con él, sino porque se esperaba de mí.

Al menos, ya ni me toca; gracias a Dios. Desde que metió a Sultán en la cama, ese perro baboso duerme entre los dos. Se lo dije. Que no lo metiera, pero insistió, y ahora no hay quien lo baje de ahí. ¡Mejor para mí!

¡Ay!, de cualquier forma, tanto a la misma vez me causaba stress. Así es que me he quedado en casa, viendo la telenovela, soportando a mi marido, que no baja la tapa del inodoro después de mear, y deja el jabón lleno de pelos, y eructa cuando come *corn beef.* Y de paso, hasta me cela. ¡No - lo – so – por - to! Veinte años aguantando lo mismo; aguantándolo porque yo sola no puedo pagar el nivel de vida que YO me merezco. ¡Qué se va a hacer! Si no fuera por los ratitos a solas que paso con Paco, el amiguito de mi nena, me hubiese vuelto lo-ca. Mi Paco querido, tan lindo, tan bueno que está; mi *distressor part-time*, ¡Si no fuera por él, me hubiese pegado un tiro!

Jeannette Cabrera Molinelli

BIOGRAFÍA:

Jeannette Cabrera Molinelli nació en San Juan, Puerto Rico. Estudió Sociología, y por treinta y dos años fue dueña de una compañía de reclutamiento de profesionales. Tomó cursos de escritura creativa en el Programa de Educación Continuada de la Universidad Sagrado Corazón, en la Academia de la Lengua y en el Salón Literario Libroamérica de Puerto Rico (Casa Concha Meléndez). Sus cuentos han sido publicados en varios libros antológicos:

Fantasía Circense (San Juan, 2011);

Maraña, Antología de Cuentos de Tejedoras de Palabras (Editorial Argueso y   Garzon, Colombia, 2012);

Sueños y Secretos –Autores Hispanoamericanos (Eco Editorial Argentina, Argentina, 2014), y

Antologia de Cuentos Sueños del Cajón (Del Alma Editores PR, Puerto Rico, 2014).

Publicó un libro de cuentos, **El robo del mar y otros cuentos** (Palabra Pórtico Editores, San Juan, 2014).

Su poesía fue publicada en el libro **Antología de Micrófono abierto en Casa Emilio** (San Juan, 2014), y en **Sueños y Secretos – Autores Hispanoamericanos** (Eco Editorial Argentina, Argentina, 2014).

También sus textos han sido publicados en varias revistas literarias: **Boreales** (San Juan, 2011), **CRUCES** (Universidad Metropolitana, San Juan, 2012), **Hojas Sueltas** (Universidad de PR, San Juan, 2013), y **Monolito** (Méjico, 2014).

Fundó y presidió el grupo Tejedoras de Palabras hasta su desaparición. Fundó y preside el grupo literario **Tejedoras de Cuentos**, grupo que organiza y promueve las Noches de Cuentos en Casa Concha Meléndez y la Universidad Politécnica de PR, así como el proyecto **La Ruta del Cuento**, este último, un esfuerzo colectivo de cuentistas para llevar la literatura a los diferentes municipios del país. Actualmente está trabajando en un libro de Memorias y en otro de cuentos cortos.

Correo electrónico: **jeannettecabrera31@gmail.com**

EL CUMPLEAÑOS DE ELISAURA

Era el cumpleaños de Elisaura. Salió de la cama antes que el sol, como cualquier otro día. Le dio trabajo levantarse, se sintió cansada, con un leve dolor en la espalda. Se peinó con las manos su desgreñado cabello blanco, ahora fino y escaso, sin ondas ni brillo. Buscó los espejuelos que guardaba al lado de su cama; los necesitaba, dependía de ellos, estaba casi ciega.

Saludó a Lucerito, su perrita, que dormía en un almohadón al lado de su cama; la necesitaba, era una amiga. Con Lucerito se entendía mejor que con cualquiera, quizás porque la perrita no le hablaba pero que con su colita vivaz le respondía siempre con un sí.

Con dificultad, caminó por su cuarto hasta llegar al espejo. Se miró con curiosidad. *¿Cómo lucirá una mujer de mis años?* , murmuró. Vio que tenía una línea más entre las cejas y otra mancha debajo de la sien. *Otra manchita de las que delatan los años.* La piel ya no está tan lozana, está seca y flácida. *El cuello ya se ve cómo la garganta de un pavo de granja.* Observó que los ojos parecían cristales ahumados, las bolsitas debajo de ellos son cada vez más grandes y los párpados le caían sobre las pestañas. La obligaban a lucir a una suave melancolía. *Mis ojos ya han visto demasiado.*

Para quitase la morriña, quiso darse un baño y lavarse la cabeza. Colocó la toalla muy cerca a la bañera. Se desnudó y se quitó los espejuelos. Todo lo vio confuso, borroso, como si estuviera en a un mundo desconocido. Entró a la bañera agarrándose de las barras de metal que el hijo le mandó a poner en las paredes. Se sentó en una sillita plástica que este le compró para que pudiera sentarse, por si perdiera el balance o se mareara. *Los viejos somos así, nos caemos de nada.* Temió resbalar, caerse y romperse la cadera o las piernas, que se volviera una persona dependiente de otras personas. Sabía que un resbalón podía ser mortal.

Mientras enjabonaba su cuerpo, notó que ya no le crecían vellos en las piernas, que su piel era cada vez más fina y que con un ligero rasguño se le iban los pellejos. La marca de la herida se le quedaba como un tatuaje. Los senos estaban caídos, el estómago flácido, los brazos blandos, se le cansaban. tenía que parar por unos momentos en lo que volvía a incorporarse. Al salir del baño, se agarró de los tubos buscando apoyo y tanteó con las manos sobre el lavamanos con miedo a no poder encontrar los espejuelos. Se vistió y para evitar un traspié, calzó unas chinelas de franela con suela de goma.

La inmensidad de la casa quedó muda. Un silencio más profundo que el de los muertos se experimentó en la casa entera. Solo se sintió el rumor de sus pasos, arrastrando el dolor de los años junto al silbar del viento y el chirriar de algún pájaro. Con cierta dificultad, Elisaura cruzó entre la casa desordenada, llena de papeles de periódico y revistas viejas, pasó frente a los cuartos vacíos y llegó a la cocina para preparar una taza de café y algunas galletas con mantequilla. Recordó que el hijo había dicho insistente que no quería que usara la estufa. *Teme que yo deje el gas abierto*, y decidió usar el horno de microondas.

Escuchó el dong-dong-dong del reloj de la pared que anunciaba las diez de la mañana y caminó hasta donde estaba. Abrió la puerta de cristal del mecanismo y haló las cadenas de la cuerda, *este me lo regaló el pobre Andrés en el último viaje; qué buenos tiempos pasamos juntos, mi querido Andrés, con el tic tac de este reloj mi corazón late pensando en ti, siempre te amo y te recuerdo, hasta el día en que muera.*

La soledad y el silencio se convirtieron en su diario vivir. Su esposo había muerto hacía ya varios años y los hijos eran profesionales, personas ocupadas con un calendario lleno de compromisos. Los nietos tenían su vida, iban a la playa, a las fiestas universitarias, uno ya tenía novia y hablaba de casamientos, probablemente tampoco tenían tiempo para venir a visitarla.

Ya no tenía amigos, casi todos habían muerto. Los pocos vecinos eran demasiado viejos, ya no salían de la casa y se entretenían con la televisión. *Nunca fui una mujer de la televisión.* No veía el televisor, porque consideraba que los programas eran tontos y vulgares, las noticias no le interesaban o no le parecían confiables, le creaban mucha preocupación de a dónde estaba yendo el mundo con tanta violencia, *ese mundo de guerras y contaminación donde mis nietos vivirán y harán familia.* Ya no escucha sus discos de pasta porque el tocadiscos se había dañado, *y ahora los discos son diferentes, con cosas electrónicas que nadie lo entiende.*

Elisaura no salía de la casa, a no ser que se escapara a dar una caminata por el vecindario. El hijo le había dicho que tenía que tener cuidado, que preferiría que no saliera, para que no le robaran o se cayera, porque no tendría quien pudiera ayudarla. Además, los comercios y los automóviles habían inundado el vecindario. No había mucha gente viviendo en las casas, algunas estaban abandonadas o convertidas en pequeños apartamentos para estudiantes, otras habían sido demolidas para construir edificios multipisos, estacionamientos de autos, restaurantes de comida ligera, *esas que envenenan el cuerpo pero la gente los consume por la prisa en que viven.*

En ocasiones la mujer se alejaba más de la casa y caminaba varias cuadras hasta llegar a una parada de autobuses, se sentaba complacida al observar la gente que pasaba, a conversar con cualquiera que quisiera compartir con ella unos momentos. A veces eso era imposible, porque *la gente está demasiado distraída con los aparatos electrónicos, con cables enterrados en los oídos, ensimismados, embrutecidos, sonriendo solos, sin darse cuenta siquiera de que tienen a una persona al lado.* Pasaba la tarde sentada allí, solo observando el ir y venir de los autobuses y la gente , *algunos parecen autómatas, robots, sin sentimientos, la prisa los ha matado en vida, no ven el sol, el arcoíris, las flores de los robles rosados en la acera, han olvidado que viven.*

Elisaura sabía que la vida se le estaba acabando, que se extinguía como una vela prendida y que esa soledad tampoco duraría cien años. No le asustaba la muerte. *Se va uno y ya.* Lo que sí temía era perder sus facultades, no poder pensar y tomar decisiones, a ser dependiente de su hijo o de otras personas, que tuviera sed y tuviera que esperar a que alguien se la sirviera cuando le viniera en ganas, o que quisiera ver el sol sobre las flores en primavera y la tuvieran encerrada en un cuarto, en una camilla, a la merced de una enfermera, de alguien que no tuviera los cuidados que su piel tan delicada necesitaba. Sentía horror con solo pensar que no pudiera tener y acariciar a Lucerito.

Ya se había acostumbrado a vivir sola, a que no la visitaran, y cuando lo hacían, no demostraba su desagrado. Temía que la internaran en algún lugar no le gustara y la dejen allí abandonada. Para ella, era mejor estar sola, en su casa, con sus periódicos, sus revistas y su perrita, en vez de estar sola en algún otro lugar... *Mientras tenga la mente clara, no podría vivir así, murmuró. Mi familia tiene que entender que soy más feliz aquí.*

Realizó que ese era el día de su cumpleaños y se emocionó. Pensaba que lo pasar bien junto a sus hijos y nietos, que le celebrarían o le harían una fiesta o la llevarían a un restaurant. Sabía que vendrían a buscarla a medio día. Tenía varias horas para vestirse con cuidado y sin prisa. Hizo un esfuerzo para vestirse. Como no podía subir las cremalleras, sus vestidos eran abotonados al frente. Al ponerse las medias y los zapatos, se sentó en la cama para no perder el balance. Se peinó el cabello, se puso polvo en las mejillas y como si estuviera en una operación difícil y riesgosa, tuvo el mayor de los cuidados al usar el lápiz labial para no salirse de la línea de los labios. Puso en la cartera el pañuelo, el lápiz labial, el abanico, el monedero y las llaves de la casa. Estuvo lista muy temprano.

El sol ardía en el cielo cuando recibió la llamada de su hijo para felicitarla lo que la hizo sentir muy feliz.

— ¡Gracias por llamarme! Estoy inmensamente bien, hijo mío, gracias. Me siento saludable y feliz, ¡encantada de la vida! ¿Y tú? ....¿Y tu esposita preciosa?...!Oh! Cuánto siento que tengan tanto trabajo... Gracias, hijo. Tranquilo, no importa... Atiende tu trabajo, yo comprendo...si, lo se...lo se...Yo entiendo....Tranquilo, que estoy entretenida con mi Lucerito. Entonces, te espero. ¿Está bien? Si, tranquilo, tranquilo....Adiós.

Elisaura colgó el teléfono. Caminó arrastrando los pies hacia la terraza y se sentó en un sillón a leer uno de los periódicos viejos. Y allí esperó a su hijo hasta que se hizo de noche, con Lucerito, su única amiga, calentando sus pies hasta que vinieran a buscarla.

PUNTIAGUDOS

Luego de todo un día de trabajo arduo, Laura se dio un baño caliente con aceites olorosos. Al salir de la bañera, secó el cabello y se puso una bata de seda china bordada con unas sandalias cómodas. Abrió las puertas de su armario de ropa. Vio los zapatos rojos puntiagudos. Había algo en ellos que cuando se los ponía, sentía que cambiaba, que la obligaban a ponerse el traje vaporoso y transparente con escote profundo y la falda corta para lucir mejor las piernas. *Me gusta ser mujer, femenina, comprar lencería de encajes, pintarme las uñas de las manos y los pies, los labios de rojo, usar zapatos de taco alto, perfume, el vestido escotado, intrigar con la mirada pícara, subir las escaleras con gracia, ser elegante en mis maneras* —pensó. Sucumbió a la tentación y se puso los zapatos rojos puntiagudos con la vestimenta coqueta. Se pintó los labios de rojo, buscó unos espejuelos rojos para el sol, y se puso unas pantallas largas atractivas de cristales rojos. Y se tiró a la calle en una actitud de mujer fatal, avasalladora, seductora, dispuesta a todo.

Caminaba por la acera del área bancaria y de oficinas cuando encontró un pasillo de madera que protegía a la gente de posibles accidentes de una construcción. Los autos, atrapados en el tráfico, iban muy despacio por el lado. Los conductores solo veían las piernas de los que iban y venían con prisa. De pronto, desde uno de los autos se escuchó la voz de un joven que le decía:

—¡Mujer, caminas como caballo fino y yo te montaría cuando quieras!

Laura se detuvo por unos segundos para prestar mejor atención. Había escuchado esa voz antes. Continuó su camino, muy lento. El automóvil adelantó un poco, moviéndose al lado de la mujer.

—¡Si cocinas como caminas, yo me comería hasta el pega'o! —dijo nuevamente el joven.

Se detuvo de nuevo. Sí, lo conocía. Muy coqueta cruzó las piernas en los tobillos y suavemente, rozó la pantorrilla con los zapatos. Él respondió con un silbido delirante.

—¡Sigue, sigue con tu paso fino, buena yegua! Tienes las piernas más bonitas que he visto en mi vida y qué bonitos te quedan esos zapatos rojos.

. Aceleró un poco el paso luciendo sus bellas piernas. Salió del túnel, como un gesto de reto, se puso los puños en la cintura y miró hacia el auto de al lado. Al verla, el joven dijo con voz decepcionada:

—Pero…¡mamá!...¡Perdóname! No me imaginaba que eras tú...

EL ESCARABAJO DE BANGKOK

Entreabrió las cortinas y salió al balcón. Deseaba mirar de cerca ese país diferente al que había llegado. Atrás había dejado el mundo apresurado de los ejecutivos; ahora necesitaba rejuvenecerse. Sosegada, escuchó el inigualable zumbido de las calles de Bangkok. En un instante, quedó locamente enamorada de esa ciudad por su tradicional Thai y la arquitectura burmesa. El sol no subía tan despacio como caía; en la tarde, llenaba el firmamento de rosados y anaranjados que impactaban el corazón del más duro. Las brisas venían pesadas, llenas de olorosas hierbas: albahaca, culantro, tomillo y limones. Las palmas y los bambús cepillaban el cielo.

Había que tomar un *tuk-tuk* para llegar de un sitio a otro de la forma más ubicua, excitante y económica. Agarró uno para observar la gente de cerca y ver los alrededores en el menor tiempo. Atravesaron la masa de gente casi con imprudencia. Al fin, llegaron al mercado de Damnoen Sauak donde cientos de agricultores bogan en botes muy estrechos y llenos de productos frescos y mercancías baratas. Los comerciantes navegaban por los delgados canales de agua verde y turbia, dan y muestran a los visitantes las ofertas del día: frutas, legumbres y vegetales, y algunos artículos incidentales y de bajo precio. El olor a naranjas, uvas, papayas, cebollas, coles y otras hierbas aromáticas impregnaban el espacio. Por su lado pasó un monje bendiciendo, con una oración corta pero solemne, a los mercaderes que encontraba por su camino. En señal de agradecimiento y reverencia, la gente flexionaba su cuerpo con las manos unidas como queriendo atrapar las bendiciones y nunca soltarlas.

En unos momentos se encontraron en el área más estrecha del canal, donde las canoas chocaban unas con otras. Al pasar por su lado, una anciana con pocos dientes y cubierta con un turbante violeta, detuvo con las manos la canoa de la mujer. Le sonrió y con una mirada insistente, la agarró por el brazo llamando su atención. Extendió la mano y le mostró un amuleto. Su voz quebrantada por los años, decía

—Tengo lo que necesita, lo tengo para usted. El Escarabajo de Rama IV...protección para los malos espíritus... para un buen comienzo...

Con ojos penetrantes, pegados en ella, puso sobre la falda de la mujer un enorme escarabajo color turquesa que medía casi dos pulgadas, las palancas y antenas doradas, las alas recogidas y perforaciones en el sentido de su eje mayor para ser ensartado en collares.

Abrumada por la sorpresa, la mujer enmudeció. Tomó el escarabajo con las manos, notó cuan pesado era y sintió un extraño estremecimiento y fuertes palpitaciones en el pecho Lo observó con cuidado, algo asustada, envuelta en un sigiloso misterio.

—Turquesa, es el color del nacimiento —dijo el remero—. El escarabajo, llamado *khopiwu*, de la raíz egipcia *khopreu*, que significa "cambiar", simbolizaba la gran ley de la transformación, la renovación constante de la existencia, y por lo tanto, es el emblema de la vida humana y de las transformaciones del alma. Esta señora que tiene usted al frente tiene poderes y si le trae algo, me parece que debería usted considerarlo. Ella no hace eso frecuentemente.

—¿De veras?

—Si. Cuando un mago como esta mujer crea un amuleto, introduce en él fuerzas esenciales para preservar la vida y garantizar la inmunidad de un cuerpo.

—¿Cuánto cuesta?

—Mil quinientos bahts, pero para usted, es casi gratis —dijo la señora.

—¿Cuánto es eso?

—Como cincuenta dólares— dijo el remero.

La señora amarró el escarabajo con un fino cordón marrón y con un ritual hizo llegar y circular la fuerza mágica del amuleto a través de todo su cuerpo, antes de llegar a la cabeza.

—Con el favor de Ptah, el príncipe Shashang te desea a través de su madre Ka-ra-ma-ma, un feliz año nuevo —dijo con aire solemne e imponente—. Y estrechó la mano de la mujer con más cordialidad que de costumbre.

—Quiera Amón iniciar el resto de su vida con felicidad —contestó el remero.

La mujer vio las guirnaldas de flores llenas de colores y de sol, y las telas que se ofrecen a los dioses un tanto mareadas o envejecidas por el viento y el tiempo; le recordaban que adornarse era casi un instinto del hombre. Abrió su cartera y pagó.

El lugar rezumaba tranquilidad. Ahora, con el escarabajo en el pecho, se sentía distinta. Sus ojos veían que la tierra allí era más verde, exuberante y nueva que en ningún otro lugar del mundo. Aún la más sencilla letra llena de curvas y líneas le parecía glamorosa y fuera de este universo. Quería caminar descalza por los campos abiertos, con el rio a sus pies.

Llegó al hotel, tomó el teléfono y, decidida, hizo algunas llamadas a su casa y a su oficina. Canceló todas las citas. Quería darse tiempo para buscar la vida nueva que estaba segura que encontraría. El fuego silencioso que calentaba las sopas con curry con un toque dulce del jugoso mango, la encendía toda. Compró el periódico de la ciudad, y reposada sobre un cómodo sofá, buscó en la sección de empleos.

* El Escarabajo de Bangkok apareció publicado por primera vez en el libro **El robo del mar y otros cuentos,** de Jeannette Cabrera Molinelli.

A LAS PUERTAS DEL INFIERNO

Hubo desacuerdos en el infierno. Melibea murió y llegó allí, como le correspondía, pero no la quisieron dejar entrar. Había visitado las puertas del cielo, no obstante no le permitieron la entrada, por mentirosa, dañina y pretenciosa. Tampoco la quisieron en el purgatorio, porque estaba lleno de personas en transición y Melibea era una anciana podrida por el odio y el desprecio.

—Que se vaya al cielo —dijo la bestia de los siete cuernos—. Total, que allí también hay algunos que no son tan buenos. Ya hay demasiadas personas endemoniadas aquí, todas compitiendo por mi trono. No quiero una más. A ella le gustan los muebles antiguos y no hay trono más antiguo que el mío. Que se vaya, no me interesa esa alma. Además, estamos esperando a una tal Susan que no acaba de morir y de seguro tiene un espacio aquí. Es ruin, malvada, pero no tan ambiciosa como Melibea. Tírenla de aquí.

—Escucha —dijo el guardián—, ella tiene las cualificaciones para estar en este reino. Ya sabemos que destruyó la buena reputación de quien fuera el padre de su hijo. Envenenó las venas del corazón de ese chico y los privó de quererse, hasta logró que no se hablaran por muchísimos años. Además, tiene mucho dinero y muchos amigos tan viles como ella. Conoce de abogados, inversionistas, médicos y hasta personas del gobierno.

—Si, todo eso es algo bueno para nosotros. Pero es demasiado ambiciosa, tanto, que me tratará de quitar mi reino.

La mujer seguía tocando a las puertas del infierno, desesperada, no tenía a donde ir. Trató de negociar la entrada, le entregaría sus joyas, la porcelana, los zapatos españoles, la ropa fina que le hizo un costurero famoso en San Juan, conseguiría a varios amigos para que se unan al reino. Todas las riquezas que les ofreció no pudieron convencer a los demonios.

—Invéntate un planeta nuevo —dijo la bestia al guardián—, un lugar espiritual donde la puedas poner, donde se cobije, donde no moleste a nadie, no me importa. Pero ¿aquí? No, aquí no entra.

La mujer estuvo deambulando por los cielos, los planetas, las galaxias, se adentró en una nébula oscura y desde entonces permanece allí. Los científicos no han podido explicar por qué se ha abierto un espacio ennegrecido en el firmamento.

Las estrellas se apartaron del lugar.

*A las puertas del Infierno apareció publicado por primera vez en el libro El robo del mar y otros cuentos, de Jeannette Cabrera Molinelli.

Maite Ramos Ortiz

Biografía:

Maite Ramos Ortiz trabaja como Catedrática Auxiliar en el Departamento de Estudios Hispánicos de la Universidad de Puerto Rico en Cayey. Posee una maestría en Traducción y un doctorado en Estudios Hispánicos con especialidad en Literatura Española del Siglo de Oro, ambos de la Universidad de Puerto Rico, Recinto de Río Piedras. Ha publicado artículos académicos en revistas especializadas y cuentos en varias antologías. Amante de las artes de la aguja, la cocina y la fotografía, escribe en el blog Elucubrando (http://elucubrando.com) y en Medium (https://medium.com/@MaitedeWu).

Para más información: http://about.me/MaiteRamosOrtiz

ENTRE PAELLAS Y VECINOS

Las apariencias engañan. La joven pareja solía comer frente a la puerta de entrada del cuartucho que compartían. Aprovechaban la sombra que caía por las tardes y aunque el calor los sofocaba, era preferible a quedarse adentro. Colocaban un suelo de goma para que el bebé tuviera más espacio para jugar. Quizás así por fin aprendería a caminar.

Ese día, ella había comprado una caja de paella después de ahorrar durante semanas. Segura de que lo sorprendería, se defraudó cuando al entregarle el plato, vio el brillo del reconocimiento.

—No te preocupes —le dijo él—, hacía tiempo que no comía una. La última vez…

Y calló de repente.

Una caja pequeña de paella era un lujo cuando solo él trabajaba. Algún día ella terminaría sus estudios, conseguiría un buen trabajo y podría aportar. Tal vez lograrían mudarse a un lugar más cómodo y tranquilo, donde el niño tuviera su propia habitación y no se viera obligado a dormir con ella en una cama de una plaza.

¡Pero ahora estaba tan pequeño y se lo disfrutaba tanto! Por lo pronto, el joven los mantenía y solo podían vivir en ese cuartucho.

Estaban a mitad de comida cuando llegó la pareja vecina. Como ambos trabajaban, alquilaban el apartamento más grande y por eso se consideraban superiores a sus vecinos.

—¡Aquí se come bien! —exclamó el vecino, mientras se quitaba el gabán.

Nadie contestó. Entonces la vecina comenzó a hablar del bebé. Que si qué grande, qué lindo, qué saludable, me lo quiero comer a besos. Y cuando trató de agarrarlo, a mamá se le atragantó la porción de paella que no le había dado tiempo de tragar. "Si le espeta una acrílica —pensó—, mañana comemos vecina al horno". Al instante, se arrepintió de haberlo siquiera considerado. Mientras tanto, bebé no se dejaba y lloraba, buscando el amparo de mamá.

—Cada día se parece más al papá —comentó la vecina cuando se dio por vencida.

Mamá la miró, papá también y luego se miraron entre ellos.

—Solo una vez comí así de bien —dijo el vecino con una sonrisa pasmada—. Una paella…

Los vecinos se despidieron y desaparecieron por la puerta de su apartamento. La joven pareja se apresuró a recoger y a entrar a su cuartucho. Como todas las tardes, apenas alcanzaron escapar ser testigos de la discusión. Siempre era lo mismo, la discusión llevaba a los gritos, los gritos a los golpes y los golpes a que la mañana siguiente la vecina saliera con exceso de maquillaje y una uña menos y el vecino con varias cortaduras de rasuradora demasiado largas. En definitiva, tendrían que irse. Ninguno de los dos quería que el niño creciera en ese ambiente.

—La única vez que el vecino comió paella te la prepararon a ti, ¿verdad? —dijo ella casualmente, una vez dentro del cuarto. Él la miró y, gagueando le preguntó cómo lo supo.

—Por la forma en que ella me mira y creo que él lo sabe.

—No duró mucho… —titubeó él—. Fue antes de que llegaras.

—Lo sé —dijo ella con una sonrisa—. Pero no me tienes que dar explicaciones. No es como si estuviéramos casados. Solo somos un par de amigos que comparten un cuarto.

Las apariencias engañan. El joven agarró al niño y se sentó sobre su colchón en el suelo para leerle en lo que le llegaba la hora de dormir. Ella encendió la radio con música clásica para amortiguar el ruido y guardó la paella que sobró para el almuerzo del día siguiente.

—¿De veras se parece a mí? —preguntó el joven.

Ella observó a aquel joven que le enseñaba a su hijo a llamarlo papá y sonrió. Esa era su familia y por ella había sacrificios que valían la pena, como ahorrar para una caja de paella.

—¿Sabes? Para no ser tu hijo es idéntico a ti.

FERNANDO DELGADILLO PARA LA NOVIA

Los invitados apuestan cuál será la reacción de Leo, pero él sube al escenario tranquilo, hasta contento. Saluda, hace un comentario inconsecuente, felicita a los novios y comienza a cantar. Y delante de todos, sin que ninguno lo note, le declara su amor a la novia.

"Ensayo de una boca"
Un pequeño fuego, que eventualmente arderá gloriosamente, comienza a gestarse en la médula de Tula cuando escucha el primer verso de la canción. Le había pedido a Leo que cantara en la recepción de su boda para que no le quedara duda a su nueva parentela el fin del noviazgo entre ellos. Pero en lugar de cantar sus

canciones, se presenta con un repertorio completo de Fernando Delgadillo.

Él se gana a los invitados, incluso a los que comentaron cuán inapropiado era que el ex de la novia cantase en la recepción, porque la canción les recuerdan a Salomón y a la Sulamita, por lo que deciden continuar con la celebración. Por eso no se dan cuenta de que el novio que canta no es el Salomón bíblico, ni su tocayo sentado al lado de Tula. Solo Alfonsina y Víctor, los hermanos de ella, sospechan lo que ocurre en el escenario.

Con cada palabra que emite Leo, Tula recuerda como su boca también le es bien amada. Mira al extraño a su lado y le sonríe para disimular lo que siente al recordar cómo una vez la rozaron los dedos que ahora tocan las cuerdas de una guitarra. Recuerda también cómo con un susurro Leo le pedía un beso, cantándole la misma canción y ella no se lo negó.

"No me pidas ser tu amigo"
Tula comprende que la segunda canción es un reclamo de Leo por la ocasión en la que le dio la noticia. Como hicieron carreras universitarias en países distintos, no era raro que uno le dijera al otro

que había conocido a alguien. Nunca hubo un reproche porque entendían que se trataban de relaciones fugaces que no dejarían huella. Y siempre fue así, hasta esa llamada que terminó cuando él le dijo que no comprendía el porqué.

El problema no fue que hubiera otra persona, sino que Tula decidiera casarse con él y despachara años de noviazgo con un "eres mi mejor amigo y por eso te llamo a ti primero". Leo no se consideraba un simple amigo y le recordó los momentos juntos, los planes, los sacrificios, las interminables llamadas, los miles de mensajes de texto y mails, el año que lograron coincidir en París. Pero ella estaba segura de haber encontrado al hombre con quien contraer matrimonio.

Ninguno de los pocos invitados que escuchan se percata de que Leo canta con rabia o de que la tristeza sobrecoge a Tula. Ve que su madre hace pucheros y reconoce en las caras de Alfonsina y Víctor que han entendido el mensaje. Toma un sorbo de champaña para apaciguar el fuego que ahora le corre por las venas y mira la sonrisa idiota de su esposo. Mientras Leo acepta que lo pierde todo, Salomón le aprieta la mano y ella confirma lo que descubrió en plena ceremonia: se equivocó, él no es el hombre, siempre fue Leo, quien con la última frase de la canción, le confiesa que no la ha dejado de amar.

"La bañera"

De a poco, Tula suelta la mano de Salomón cuando reconoce los primeros acordes de la canción. No quiere que se dé cuenta de cómo su cuerpo recuerda escenas entre nubes de vapor, jabón y espuma, en las que Leo y ella aprendían a quererse y a descubrirse.

Ajena a lo que sucede entre el escenario y Tula, una vieja amiga Salomón, Dorotea, se sienta a hablar con él. "¡Mejor!", piensa Tula porque cuando Leo canta sobre la tarde en la que le medía el cuerpo, tomándose su tiempo, ella revive la sensación que le provocaban las manos de Leo cuando la acariciaban en los lugares más recónditos. Ve que su esposo habla tranquilamente con la mosquita muerta y acepta que el roce de sus manos no tiene ni tendrá el mismo efecto. Toma otro sorbo del champán y reconoce un toque a madera que en vez de sofocar el fuego que lleva por dentro lo aviva.

Mientras Leo le recuerda cómo envidiaba la carrera del jabón cuando lo pasaba por su piel, Tula advierte que Alfonsina se le sienta al lado. El intercambio no es cordial, aunque ningún invitado lo nota. Las recriminaciones y sus réplicas se hacen tan por lo bajo y con sendas sonrisas que ni las percibe Salomón, quien no puede dejar de mirar a Dorotea. "¿Cómo se te ocurrió pedirle que cante en tu recepción? ¡Quítate esa cara de idiota! ¿Quién es la estúpida sentada al lado de tu marido?". Tula no la escucha porque recuerda las veces que Leo y ella compartieron alguna bañera. Sabe que la canción terminará con una nota melancólica cuando su última palabra condense lo que ocurrió: por más que él lo evitó, un día ella desapareció.

"Entre pairos y derivas"

Para muchos invitados, Tula y Alfonsina son una curiosidad: una lleva un fastuoso vestido de seda y encajes y la otra un frac. Por eso nadie nota que Leo le acaba de confesar a Tula que si bien antes solo pensaba en ella, ahora es la costa a la que se dirige.

Salomón no se percata de que otro hombre acaba de admitir que su esposa es su sueño preferido. Simplemente conversa con Dorotea, a quien su familia saluda con demasiada confianza, según Alfonsina. Sin embargo a Tula no le interesa porque le acaban de confesar que la aman y no necesita mucha imaginación para entender qué es la embarcación que apunta hacia sus puertos. Ahora el fuego le quema la piel. Vuelve a mirar a Salomón y este le devuelve una mirada ausente que desvía para continuar su plática.

Alfonsina reclama, Víctor está molesto, su madre llora. Nada de eso afecta a Tula. Lo único que le interesa es saber cómo hacer para que Leo explore fuentes, selvas y sed y se pierda dentro de sus labios, no importa cuáles, para que cumpla lo que le dice la canción.

"A tu vuelta"

La relación que mantuvieron Tula y Leo fue discreta, pero intensa aunque ella se haya empeñado en negarlo ante su familia política. Para él, esa mañana debió comenzar con la celebración de su propia boda con ella. En su lugar, le pagaron para que cantara en la recepción de la boda con otro hombre. Quizás ese es el camino que le da la suerte para volverla a encontrar.

Muchos invitados ya han caído presa de la comilona y la bebida por lo que no reparan en que el novio y la novia están cada vez más distantes: él, conversando con Dorotea; ella, esquivando los reclamos de Alfonsina y con los ojos fijos en quien le dice que el verla, en ese reencuentro, le recuerda todo lo que ella recuerda a su vez.

A Víctor le preocupa que Tula sepa el número de la habitación que le reservaron a Leo como parte del contrato. Quiere que acabe la presentación para tratar de convencerlo de que se marche. La propuesta que envía desde el escenario es peligrosa. Conoce a sus hermanas y sabe que Alfonsina no logrará nada con Tula y que esta es capaz de olvidar que acaba de contraer matrimonio con ese pusilánime que no deja de hablar con una tonta. "Le advertimos –pensó–, le advertimos que no se casara. Ahora esto se puede salir de control".

Lo único que quiere Tula es que acabe el vals que vendrá después. Si se lanzan el ramo y la liga o no, la tienen sin cuidado. No resiste cuando Leo le habla desde el escenario que sigue adelante, pero aun así la recuerda. Porque ese recuerdo que no acaba, eso que permanece, ambos lo comparten. Es entonces que reconoce que solo una persona sabe cómo apagar el fuego que la consume y que el champán no logra apaciguar y esa persona no está sentada a su lado. Sin preocuparle lo que dirán los invitados, bailará con Alfonsina y le pedirá que la acompañe a cambiarse. Su hermana se opondrá, pero al final cederá y cuando el ascensor esté subiendo, marcará el número de otro piso en donde bajará, bajo una lluvia de protestas. Lo hará porque le acaban de decir que la estarán esperando con la puerta abierta y ella entrará.

***

Esa noche, quien desviste a la novia no es un miembro de su familia para ayudarla a cambiarse a su traje de desposada, o el novio en preparación a la primera noche de casados. No es así porque un cantante, contratado para cantar en la boda de su exnovia, abrió la puerta de una habitación de hotel para confirmar que ella había comprendido su declaración de amor. Le pareció un ángel y le extendió la mano para invitarla a pasar. Ella la aceptó.

Con mucha delicadeza, le retira el velo, le desabrocha el traje y la ayuda a deshacerse de las enaguas y el corsé. Ella, a su vez, se encarga de hacer lo mismo con él: le quita la chaqueta, la camisa, el pantalón… Una vez desnudos, se observan como cuando aún eran ellos los novios. Sin embargo, antes de continuar, él retira la alianza matrimonial. Libres ya y sin importar si algún día se enteran los invitados, las familias y el novio, proceden a pasar una noche que ninguna canción de Fernando Delgadillo será capaz de describir.

UN VIERNES CUALQUIERA

Mi vida con Tomás es apacible, llena de esos sucesos cotidianos que dan una sensación de seguridad. Todos los días sale a trabajar temprano y regresa a la misma hora. Todos los días menos los viernes.

Ese día debe salir de madrugada y regresar más tarde que de costumbre. Erasmo aprovecha para visitarme. Llega minutos después de que Tomás se ha ido y no necesita llamar para que lo deje entrar. Siento su olor desde que dobla la esquina de la calle y cuando llega, ya encuentra la puerta abierta y mi cuerpo listo para sorprendentes espasmos de placer con el solo roce de su mano.

Todos los viernes recibo a Erasmo, menos un viernes cualquiera que Tomás quiso sorprenderme y llevarme a almorzar.

Cuando escuchamos el ruido de su carro, supimos que no había escapatoria. Tomás habría reconocido el de Erasmo, que conocía muy bien, y sabría que él estaba conmigo. Nos levantamos y vestimos con calma, fuimos a esperarle a la sala y nos sentamos en el sofá al tiempo que un furioso Tomás entraba por la puerta.

No dejaba de caminar de un lado para otro mientras gesticulaba y nos recriminaba la falta de respeto. ¿Cómo era posible si Erasmo era su amigo? ¿Cómo quedaba él frente a los vecinos? Yo no lo escuchaba porque a través de la ventana observaba el cielo y pensaba en la hipocresía humana y en lo absurdo de la situación. No tenía que mirar a Erasmo para saber que se sentía como basura.
Me levanté de golpe.

–¡Basta ya! –dije sin pensar y de un impulso me puse de pie–. ¿Quieres que los vecinos hablen? –le pregunté a Tomás, mirándolo a los ojos.

Repetí la pregunta y vi cómo se le demuraba el rostro, a la vez que ocupaba mi lugar en el sofá.

–Sabes que puedo darles motivos para que hablen con gusto – continué sin retirarle la mirada–. Puedo decirles la verdad y contarles que con quién estoy casada es con Erasmo y luego te puedo dejar por otro, que pretendientes no me faltan. Ya yo me conseguí un amante una vez, ¡qué más da otra!

Erasmo y Tomás permanecieron con la vista baja. Noté que entre ellos se formó una silenciosa solidaridad masculina que me ha permitido vivir apaciblemente desde entonces.

–Ahora –concluí–, te dejas de pendejadas y la próxima vez, me haces el favor de llamar.

Una versión anterior aparece en **www.elucubrando.com**

EL GLOBO

Aún no he cumplido los siete años y ya me tienen atada a esta cama como le hicieron a mi hermana. Una fila interminable de hombres entra a todas horas a este cuartucho oscuro y maloliente para cobrar los tres minutos por los que han pagado. Son tres, ni uno más porque si tratan de extenderse suena la chicharra que me deja un eco en los oídos que no se va cuando siento a otro hombre encima o que aumenta si él me golpea. Pero yo escapo: miro el sucio techo y lo traspaso hasta ver el cielo azul –porque siempre es azul– y sentir el calor del sol y el toque de la brisa. Y sigo subiendo hasta llegar a lo alto porque allá olvido a los hombres, las heridas, las cadenas y allá puedo volver a jugar con mi hermana como no hace mucho que mirábamos el cielo y planeábamos llegar a él en un globo.

Mayra Leticia Ortiz Padua

Biografía

Mayra Leticia Ortiz Padua nació en San Juan Puerto Rico. Estudió pedagogía en la Universidad de Puerto Rico y posee una maestría en Educación Ambiental. Preside la Fundación Ecológica Pro Ambiente del Caribe. Obtuvo varios premios literarios entre los que se encuentran el Premio Sea Grant (primer lugar) de la Universidad de P.R. en Mayagüez y la Universidad Central de Bayamón (primer y tercer lugar). Ha tomado varios cursos de Creación Literaria y forma parte del grupo Tejedoras de Cuentos. Fue autora del Proyecto Mundo para Todos de Ediciones SM de la serie de cuarto grado. Participó en el Certamen del cuento Oral de la Universidad de Sagrado Corazón donde fue escogida entre los primeros 30 de un total de más de 150 participantes. Sus poesías han sido expuestas en y fuera de P.R. Ha presentado sus cuentos en obras de Teatro infantil. En la actualidad se destaca como gestora cultural, promotora de eventos y maestra de ciencias. Además ofrece talleres de creación literaria y se encuentra trabajando su libro de cuentos interactivo dirigido a la Conservación del Ambiente, y Versos Compartidos de P.R.

SOMBRAS

Abandonó al olvido los recuerdos que le entumecían los pensamientos, la lengua, el cuerpo, la piel. Atrás quedaban las palabras que una vez le despertaron al deseo, a la pasión, al delirio. Y como un torbellino, en espirales, sombras elípticas se amoldaban a su silueta. Aquella que la misma luz despreciaba y tiraba al abandono. Un viento fresco y con olor a cenizas entraba por la ventana. Formas fugaces traían los escombros de su senda marcada con dolor y muerte, con sangre y olvido. Sobre su lecho yacía un cuerpo mojado, mustio, pálido y vacío, fúnebre, como en penitencia. Una cruz colgaba de su cabecera. Parecía mirarle. Unos brazos extendidos se reflejaban sobre su cuerpo, como en sombras. Le acariciaban dulcemente el alma. Una paz y un aire de luz entraban por aquella fina línea en la ventana entreabierta que daba al ático. Entre sollozos y gemidos, la figura jadeante de aquella alma en penitencia perdía su espíritu. Unos pasos se escuchaban marcando el final de sus tiempos. Un reloj, como de arena, hacía más larga su agonía. Lágrimas de color ceniza bajaban por su rostro dejando marcas en su almohada. Caía la noche y entre la luna y las estrellas en el firmamento se trazaban astros que viajaban de un lado al otro del cielo. Una, dos, tres...siete campanadas. Siete días de agonizantes recuerdos de la felicidad soñada. Allá en la lejanía dejó todo lo que una vez la mantuvo viva. Pero más que nada, al amor que le arrebataba cada célula de su cuerpo como un virus. Nunca supo si era ella o si un fantasma le arrancaba el corazón. Solo se supo que al escucharse el tintineo de la lluvia sobre el tejado y a las doce campanadas, no quedó sobre su lecho sino la sombra de quien amó sin ser amada y un olor a gardenia que matizaba los sentidos de aquel, su amante y que vivía perseguido por una esfinge negra sobre su espalda. Muchos le llamaron por su nombre...MUERTE.

ODA AL CORAZON

"Porque no existe pena más grande y traición más terrible
que tener un corazón, vacío, huérfano, y sin amor" MLO

Siempre pensé que el amor me había abandonado. Que
atrás quedaron las esperanzas, las ilusiones, las pasiones, los besos.
Y en mis sueños desplegaban alas hacia un cielo cargado de
estrellas, soles y lunas, toda la poesía que una amante transpiraba por
sus venas hasta el delirio. Y fue así como supe que el amor me había
abandonado. Era un veintidós de octubre en la tarde, acostumbrada
de la faena diaria. Cansada y por el embargo de la fortuna previa, la
joven madre se había dado a la tarea, como muchas, a dedicar su
tiempo a la producción, pero no de sentimientos que pronto se
convertirían en profanos y silentes, sino a dar a sus hijos todo
aquello que necesitaban para vivir. Para una madre, sus hijos son
siempre prioridad. Todos le habían advertido del ciclón que se
aproximaba. La lluvia y torrencial época en la que una mujer deja de
serlo para ser solo madre. Y ese era el momento. Con lágrimas en los
ojos y dispuesta a todo por sus retoños, decidió decir adiós a lo que

fuera una relación partida en tres, no, en cuatro, si esta pudiera incluir a quien marcaría su vida para siempre, dejándola en abandono y pena. Lo vio partir y aunque un nudo en la garganta se alojaba en su cuello, decidió dar por terminado aquel camino de espinas que por nueve años había vivido junto a aquel hombre, que definitivamente había matado todo sentimiento. Se marchó, y llevó consigo un caudal de noches de espera, cicatrices, llanto, dolor, y un olor nefasto de día, fueron impuro como el que deja un siniestro, una muerte, una partida. Tras ese camino dejado atrás, ella comprendía que ningún otro podría arrebatarle el único y verdadero amor que le mantenía viva: el de sus tres hijos. Marcada por el deseo de encontrarse nuevamente en su camino, tras noches de lágrimas, insomnio y fuertes episodios de desesperación, se vistió de negro y acordó que nunca más volvería a ver la luz del sol en su pecho, que el amor había muerto para siempre. Las noches eran largas, parecían eternas y un frío inesperado se adentraba cada vez en su corazón, congelándolo al invierno eterno, falto de todo sentimiento o al menos a ese al que todos llamaban amor. La duda, el rencor y el odio eran el trío perfecto que en armonía tocaban sin respuesta a su alma. Una noche, tras esa penumbra que le embargaba y le consumía decidió tomar una decisión, si dejar todo al olvido o vivir con la tragedia de su vida, así que con la misma armadura que protegía a sus hijos, se vistió esa noche y optó por dejar todo atrás y empezar de nuevo. Y así empezaron las citas, las copas y los encuentros, uno a uno, mes tras mes sin saber que nadie podía llenar el vacío que había en su ser. Todos y cada uno les parecía que arrastraban con los fantasmas del pasado, sus inseguridades y menosprecio, así como la intimidad que sentían al verse rodeado de tanta belleza espiritual y cognitiva. Pero así era ella, como la buena literatura, incomprensible para muchos. En ocasiones sentía un celaje de emociones, confusas pero latentes, que solían confundirse con amor, pero que solo terminaban en un lecho, a puerta cerrada, en secreto. Y así, de regreso a casa, la incertidumbre, la soledad y el desvelo volvían a hacerle compañía. Era muy difícil que después de tanto atropello, maltrato y esas cicatrices que marcaban su historia, fueran borrados tan fácilmente. ¿Cómo explicarse la dificultad de amar sin medida, sin pretextos, sin dudas? ¿Acaso era posible volver a amar? Entregarse en cuerpo y alma a quien lograra regar de pinceladas su vida, de detalles. ¿Quién podría borrar los atropellos, las heridas y sanar de un golpe ese corazón? Tristemente y en completa soledad los días se daban a la tarea de envejecer sus pensamientos, de ahogar su llanto, de morir despacio. Y mientras no existiera el consuelo, el único y verdadero amor que le mantenía viva, era el de sus hijos, fieles, enamorados cada día de su sonrisa, de sus actos. Y si alguna vez pensó que el amor no existía, se equivocó, porque aquel corazón que hoy estaba huérfano de las pasiones que toda mujer soñaba, estaba inundado del amor, aquél que solo una madre puede dar.

LA VIUDA NEGRA

Soplaban vientos en la penumbra de la noche y un olor a muerte y besos se derramaba sobre su cama. Ella presentía que algo más fuerte que la ira y el dolor se acercaban. Pero sus deseos la llevaban más y más adentro de sus pasiones. Era como si saciar sus instintos, su cuerpo y sus ganas de amar se arremolinaran dentro de su ser. Esa noche, más sedienta que nunca, buscó en su ropero el vestido negro conque seduciría a su presa, se perfumó como de costumbre en cada uno de sus puntos cardinales concentrándose en las zonas erógenas, colocó unas perlas alrededor del cuello para armonizar con la poca luz que tenía en su alma y caminó unas cuadras hasta llegar a su destino. Mientras caminaba, su hechizante aroma despertaba los sentidos de todos. Aquella hermosa pero alocada cabellera, su sensual sonrisa y la silueta que jugaba con la sombra al vaivén de su andar mojado por las caricias de la noche, eran todo un ritual, un sacrilegio. Nadie sabía con exactitud de quién se trataba, de dónde venía o quién era ella pero despertaba las más infinitas pasiones. Unos guantes negros cubrían sus manos y brazos dejando los hombros al descubierto. Parecía volar cuando caminaba. Era todo una escena del primer acto el solo mirarle pasar por aquel callejón oscuro en medio de la noche. La luna parecía abrirle camino a lo que sería el último de sus mortales encuentros. Muchos habían escuchado que era imposible escapar a sus redes, a sus encantos y que con solo una mirada y el roce postrero de su sensualidad, se convertiría en hechizo. Caía más y más la noche y surcos de estrellas sobre el firmamento negro de su vestido se iban formando como adornos sobre su figura. Allí estaba, mirándola desde lejos; era imposible no sentir deseos de tomarla entre sus brazos, besarla, amarla. Sus ojos, eran un espejo fiel a lo que él sabía que eran sus ansias por hacerla suya y culminar aquella hazaña a la que otros jamás se habían atrevido. Cuando por fin pudo darse cuenta de que le observaba, ella, sigilosa en su caminar, se adentró a un edificio abandonado al final de la calle, donde apenas se divisaba a los pocos transeúntes que le visitaban. Subió los escalones que la llevarían hasta la azotea, donde nadie pudiera verle. El eco de sus pasos acompañaba cada uno de sus movimientos. Él la seguía, como hipnotizado por su sensualidad y belleza. Al llegar, tomó sus tacones y los colocó sobre el suelo. Caminó unos pasos y miró a lo lejos, como buscando donde llevar a cabo su acto final y el más importante en su teatro, ese al que llamaba vida. Sin darse cuenta, aquel joven que había quedado impregnado por la locura de tenerla se acercaba cada vez más hasta su punto de encuentro. Lo que él desconocía, era que ya era parte de su plan. A solo unos metros de sentirla, tocarla, respirar su perfume y sentir su aliento, la imagen borrosa y oscura de aquella mujer parecía flotar en el aire, como un fantasma, un espíritu. Los latidos de su corazón eran cada vez más fuertes, la sangre que corría por sus venas, más intensa y caliente. Un tiritar de labios le advertían como un presagio su muerte. Allí estaban, uno delante del otro, como si una extraña y oculta conexión los hubiera llevado allí. Como si fuera su destino el que ambos estuvieran juntos. Ella se acercó más a su presa y se desprendió de su vestidura, excepto de sus guantes. Le abordo con sus brazos pegándolo a su pecho y acariciando su cuello, él apenas podía reaccionar, era un sueño o tal vez su peor pesadilla. Inmóvil, sin aliento, el joven quiso besarla pero su boca se entumecía así como la piel y los huesos. Cada caricia que ella le propinaba era como un ácido, un veneno que recorría los entornos de su cuerpo dejándolo a la defensiva. Ella lo besó primero; podía sentir el sutil miedo de su amante. Era suyo, todo suyo. Una luz salía de sus ojos negros como alumbrando el final de sus días. Extendió sus brazos, cubrió la silueta del hombre dejándolo presa de sus pasiones, de sus deseos, quitándole todo sentimiento. En medio de la noche, se entregaban al amor, mientras una luna opaca los miraba desde lejos. Los minutos y las horas eran insaciables a su cordura, como si una tormenta azotara cada partícula, cada célula de su cuerpo. Poco tiempo pasó para darse cuenta que ya no era él, que no solo había perdido sus pensamientos o su cuerpo sino también su alma. Allí en medio de la noche oscura la dama vestida de negro le había robado a su amante el corazón saciando su sed de amar, de vencer, de vengar a cada una de esas que entregaban alma y corazón en el lecho y terminaban con el corazón hecho pedazos. Con los pies descalzos y lanzándose al vacío, no dejó huella sobre aquel tejado.

Pasados los meses, cientos de tarántulas cubrieron los callejones, todas negras, hermosas. Cuentan, que al llegar la noche se escuchan voces y una silueta masculina que camina como alma en pena en busca de su corazón.

RÍO POR NO LLORAR

Desde pequeña nunca me gustaron los payasos. Me atemorizaban sus caras blancas como de arlequines y sus bocas rojas como ensangrentadas. Siempre corría a la falda de mi madre a esconderme cada vez que uno se acercaba. Aún recuerdo la voz de mi madre diciéndome: "No temas Leticia, es solo una persona corriente disfrazada que intenta hacer reír y llenar de alegría la vida de los niños". A saber que de cosas tristes o situaciones tendrá cada uno de ellos y aún así son dignos de su trabajo. Porque hacer reír en medio de la adversidad no debe ser tarea fácil para nadie, ni siquiera para un payaso. Nada que ver, pensaba yo. Y por qué mi madre me decía tal cosa. Y en ocasiones, cuando teníamos que visitar a algún familiar con motivo de alguna festividad u onomástico, allí estaba el payaso con su cara pintada haciendo reír a los niños con sus ocurrencias y monerías, excepto a mí. Yo siempre corría a la falda de mi madre a esconderme. Hasta ese día en que un vestido y unos pinturas de colores cambiaron mi vida para siempre. Un día, mi padre recibió una llamada mientras me encontraba de regreso a casa de la escuela. Mi madre había sido diagnosticada con cáncer. Aún recuerdo como se le entrecortaba la voz mientras le daba la noticia a mi hermano mayor y al resto de la familia. Fueron muchas las veces en que tuve que escuchar el llanto de mi padre en la alcoba mientras mi madre yacía en aquella cama, triste y vacía. Pasaban los meses y por más que los médicos y los tratamientos eran aún mayores, la salud de mi madre iba de mal en peor. Nunca más la volví a ver sonreír. Mi padre había tenido que tomar la decisión de irse a trabajar en jornada de doble tiempo, pues eran enormes los gastos en que tenía que incurrir. A mi corta edad, no comprendía como era posible tal atrocidad. El solo pensar que podía perder a mi madre me llenaba de tristeza. La agonía era cada vez más fuerte y pese a todos los intentos que esta hacía por recuperarse y continuar hacia adelante, aquel monstruo me la arrebataba. Los ojos mustios y la sonrisa de mi madre se iban apagando como una llama en medio del viento de una noche de tormenta. Y no era para menos. Parecía como si los años hubieran hecho estragos en su cuerpo, dejándola en cicatrices. Llegó el tiempo de recesión y mi padre perdió su empleo. Mi hermano se había enlistado en el ejército apenas cumplió los dieciocho años y yo pasé a ser de niña a ama de casa y pilar del hogar aquel que solo lo sostenía las esperanzas y deseos de vivir. Una noche mientras cuidaba de mi madre, me pidió con voz susurrante que le buscara una manta para el frío. Recuerdo que la temperatura casi llegaba a los noventa grados. Creo que era una de las más calurosas que había vivido en mi vida. Pero aún así, solo por complacerla, busqué la manta en el ropero. Al tratar de alcanzarla, tumbé un cajón de plástico que mi madre guardaba hacía algunos años. Al caer al suelo y abrirse, noté que tenía unos pinceles, unos pomos de colores, un disfraz multicolor, una peluca rosada y una nariz roja esponjada. *¿Qué es esto?* Pensé por un momento. Entonces tomé rápidamente la manta y la puse sobre el cuerpo frío de mi madre mientras regresaba al ropero. Me armé de valor y me puse aquel vestido de colores y cancanes, me coloqué la peluca rosada y pinte mi rostro. La nariz la guardé en mi bolsillo, para cuando la necesitara. Entonces me miré al espejo y dibujé una sonrisa en mi rostro, la más grande que jamás había visto y pensé:*Que empiece la función.* Me acerqué al lecho donde descansaba mi mamá y le dije: "Aquí estoy mami, vengo a llenar tus días de alegría". Mi madre abrió los ojos y sonrió. Aquella fue la sonrisa más hermosa que jamás había visto en mi vida. Saqué la nariz esponjada y se la puse a mi madre. Con lágrimas en sus ojos me pidió que me acercara y me susurro al oído: "ves Lety, hoy ríes por no llorar". Y al decir esto expiró, dejándome el recuerdo de la lección aprendida y aquella sonrisa que aún llevo en mi rostro cada día.

Esther M. Andrade

Biografía:

Nació en Santurce, Puerto Rico, el 11 de mayo de 1976.
Cuenta con un bachillerato en Redacción para los Medios de
Comunicación, de la Universidad del Sagrado Corazón. Fue
miembro de la Asociación de Estudiantes de Periodismo de dicha
universidad. Trabajó como reportera y redactora para el suplemento
En Punto del periódico El Nuevo Día, y para la revista musical In
the House. Tomó talleres de creación literaria del programa de
educación continuada de la Universidad del Sagrado Corazón.

PLAGIO

Lo peor es cuando has terminado un capítulo
y la máquina no aplaude.
Orson Wells

Lleva meses aterrorizada con el tintineo del cursor en la pantalla de la computadora. No logra organizar sus ideas y en ocasiones escribe oraciones empleadas en cuentos anteriores. Se deja seducir por el humo de la yerba que inhibe los sentidos. El sabor a té le impregna los labios, la lengua, el paladar. La mente y la pantalla continúan en blanco.

Las paredes a su alrededor se transforman en papeles de líneas. El suelo se cubre de decenas de páginas estrujadas. Se queda mirando fijamente el armario de libros que se contorsionan formando una cara de payaso. Se burla. Lo ignora.

Aturdida, cierra los ojos y se le escapa una lágrima. Esta recorre suavemente la mejilla, luego besa sus labios secos, espera en la barbilla hasta saltar al abismo. En el silencio del pequeño cuartooficinaestudio, puede escucharla caer al suelo, creando el sonido de una ola al golpear un arrecife.

Se sienta frente a la computadora y entabla una guerra con el cursor. Escribe…borra. Escribe….borra. Inhala, escribe, borra. Inhala, escribe, lee, borra. Escribe, inhala, lee, lee, escribe, inhala, borra. Siente que la batalla, por el momento (aunque teme que para siempre) la gana el cursor.

Una brisa entra por debajo de la puerta y, suavemente, en complicidad con el humo, comienza a formar un pequeño remolino. Las letras del teclado se desprenden. Primero, las consonantes; luego las vocales, y por último, los números y los signos de puntuación. Todas se unen al remolino de humo que, poco a poco, se convierte en la figura de un hombre sin rostro. Temerosa, sin poder moverse, puede ver cómo dentro del torso las letras forman oraciones. El miedo y la confusión se apoderan de ella. Se escurre hasta el piso. Gatea. Se arrastra tratando de alejarse del humohombre, que ahora se sienta y mide fuerzas con el cursor.

Siente frío. Las paredes sudan y el papel se arruga. Se abraza las piernas y lo escucha hiperventilar, sacudiendo el escritorio con su furioso tecleo. Súbitamente levanta los brazos y señala al cielo, lanzando una carcajada maléfica.

El humohombre renueva con afán su escritura secreta. Las oraciones se desprenden de su cuerpo mientras escribe, y él se desvanece al compás de cada tecleo. La brisa se lleva el humo al techo y forma una nube gigantesca. Se desata una tormenta y comienza a llover letras. La impresora escupe decenas de papeles.

Ella sostiene en sus manos temblorosas y empapadas de letras, lo que parece ser su mejor escrito. Cuenta la cantidad de páginas y el filo del papel abre una pequeña herida en el dedo índice. El hilo de sangre mancha las hojas, creando dibujos como en la prueba de Rorschach. Se espanta y las deja caer regándolas por el suelo. En el techo, el humo recobra su forma de hombre y la observa detenidamente. Aumenta su ansiedad y el corazón galopa a la velocidad de una estampida de cebras. Boca arriba en el piso, se agarra el pecho. Se le escapa el aliento. La brisa aglomera el escrito, mientras de la nube llueven páginas en blanco sobre su cuerpo inmóvil.

Pierde la noción del tiempo. Pasan los días, las semanas, los meses y nadie sabe de su paradero. Las autoridades tocan a la puerta. No contesta. La brisa se cuela por debajo de la puerta, se enreda con el humo y se escapa de la habitación bajando las escaleras. Se detiene en la acera. Se mezcla con las hojas de los árboles y las páginas sueltas de un periódico que vuela sin rumbo. La portada reseña la noticia de una mujer desaparecida.

Las autoridades regresan, fuerzan la puerta y encuentran el cuerpo de la mujer en estado de descomposición. El agente trata de descifrar la escena. Hay papeles pegados en las paredes, libros regados por el suelo y el cadáver sobre una mancha violeta oscuro. El oficial nota los papeles con sangre y decide recogerlos. El humo envuelto en la brisa regresa y con un rudo golpe entra por la espalda del agente poseyéndolo. Aturdido, el hombre se incorpora, se mira las manos y observa su alrededor. Palpa su rostro, recoge el escrito y lo coloca en el bolsillo de su chaqueta, sin que nadie lo note.

Este cuento fue publicado en el libro Cronoscopio, de la autora.

EL PACTO

Han pasado más de cinco años desde la última vez.   Sin
mediar palabras, logras recostar el asiento del carro y sonríes. Me
levantas la camisa y comienzas a jugar con los vellos del pecho. Los
tintes ahumados de los cristales te permiten actuar sin inhibiciones y
desatas el botón del pantalón, besando afanosa la ahora visible
protuberancia. Paso la punta de la tibia lengua por el paladar de tu
boca y te amarro el cuello con las manos.   Furioso, agarro tu brazo
hasta acosarte contra el asiento. Comienzo a desabotonarte la blusa
para liberar las lunas nuevas de tus pechos. Los palpo suavemente,
primero con el dedo índice, luego con los labios húmedos. Las
ansias te hacen cerrar los ojos. Parece como si quisieras detenerme,
pero guías mi cara hacia tu boca y me permites auscultar tu cavidad
empapada. Luego, galopas suavemente sobre mí. Te estremeces y
jadeas lujuriosa, logrando derramarnos juntos.

Por años hemos dominado el arte de la infidelidad. No somos
como los amantes comunes. Profesamos la amistad más sublime,
donde está prohibido confundir el deseo con los sentimientos.
Aunque no hubo meñiques entrelazados, ni pacto de sangre que

sellara el acuerdo libidinoso, estábamos convencidos de que nuestros cuerpos necesitaban estos encuentros.

Al terminar, me abrazas, me besas el cuello y como si fuera parte del libreto de una película, comienzas a vestirte. Nada ha cambiado. Caminamos juntos hasta tu carro en el estacionamiento para despedirnos. Ahora, bajo la luz del sol, te percibo distinta, temerosa, evades mi contacto. Noto tu cuerpo más delgado y con moretones azul oscuro. Te pregunto si estás bien y solo repites que esta es la última vez.

Regreso a mi carro y pienso que me gustaría verte nuevamente, pero no sé si mi cuerpo aún actúe con el mismo desenfreno. No acordamos una fecha de expiración del pacto, no supimos cómo decidir eso. Lo admito, nunca te vi como a una prostituta. Incluso llegué a pensar que sentía algo por ti. Ahora me pregunto si, como yo, tú también te enfermas con frecuencia o si esas manchas en tu cuerpo estaban antes, y debieron ponerme sobre aviso.

* Este cuento fue publicado en el libro Cronoscopio, de la autora.

QUEBRANTADO

De la vida humana conoce el sentido;
solo así la vivirás de veras.
Li Po

Esa noche, y en contra de las órdenes de mi abuelo, decidí ir al cementerio del pueblo. El abuelo y yo nunca lo visitábamos. Al abuelo no le gustaba. Él dice que pierde la noción del tiempo cuando está allí.

El sol se escondía tras los almendros y su sombra hacía que las ramas parecieran tentáculos de un pulpo gigante, dibujadas en los maderos oscuros y desgastados de nuestra pequeña casa. La oscuridad siempre ha sido mi amiga. Para el abuelo, el sol y la luna representan la única luz capaz de recordarle al ser humano que aún sigue vivo.

Otras noches escogíamos los huesos y simplemente los echábamos en las bolsas y los clasificábamos en nuestra casa. Como de costumbre, la prisa hacía que los huesos más filosos y desgastados hendieran la pesada bolsa, rasgándola para dejar los huesos al descubierto. El abuelo, molesto, sacaba de su pantalón de carpintero de varios bolsillos, un rollo de cinta adhesiva gris. Lo colocaba fuertemente sobre la hendidura de la bolsa y lograba tapar el hueco. Entonces me apresuraba porque a lo lejos se divisaba la luz de la linterna del guardia de seguridad del cementerio.

El proceso no era nada sencillo. Generalmente, un poco más tarde de la media noche, el abuelo y yo escogíamos el cementerio. Uno diferente para evitar ser descubiertos. A mí me gustaban los que quedan en el centro de los pueblos porque las lápidas tienen mensajes interesantes. En una ocasión leí uno que decía: Te escribo lo que no te dije en vida, TE AMO, pero no estaba firmado, solo lo acompañaban las fechas 1897-1927. Otro decía: Tus hijos y tus nietos te amamos. Papá te quiere mucho. ¿Cómo es posible limitarse a recordarle a una persona lo difícil que es vivir solo queriéndola?

Preferíamos los nichos a diferencia de las tumbas porque solo era necesario forzar la tapa para poder sacar el ataúd. Las tumbas eran un problema. Había que romper la tapa de cemento sin dañar la lápida, sacar la arena y luego bajar. Para descender, se amarraba una soga alrededor de la tumba contigua. Solíamos amarrarla de la figura religiosa más grande y cercana, pero en una ocasión, la figura se rompió y fue tan fuerte la caída del abuelo sobre el ataúd que se fracturó el tobillo.

Desde entonces, yo bajo poco a poco mientras el abuelo alumbra con la linterna. Uso otra soga para bajar los sacos donde coloco los huesos que voy recogiendo. En ocasiones, al abuelo se le olvida ayudarme y tengo que hacer todo el trabajo solo.

Siempre verificábamos los restos con mucho cuidado. El húmero y el fémur, por ser los más fuertes, se deterioran lentamente.

Al abuelo le gustan los cráneos. Dice que en ellos está el alma de la persona. Luego de escoger, los echábamos en el saco y seguíamos de nicho en nicho y de tumba en tumba.

En el camino de regreso, me distraía con las historias resumidas en los epitafios. Se limitan a no más de cinco a seis líneas, y ninguno, a mi entender, dice la verdad. Por eso dejaré el mío escrito, para evitarle contratiempos al abuelo que tanto se ha sacrificado por mí.

Nunca pisaba las tumbas. Leía las lápidas y trataba de memorizar las fechas de nacimientos. El abuelo decía que las personas nacidas entre 1800 y 1900 se alimentaban muy bien y por eso sus huesos eran más fuertes. Sin embargo, añadía que los nacidos luego de esos años se drogaban, eran alcohólicos y se alimentaban muy mal. Sus huesos de deshacían solo con mostrarles la lija. Él lo sabe todo sin ser médico. Sencillamente es un colector de huesos.

Así se llama lo que hacemos. De noche mortificamos a los muertos para escoger sus huesos, lijarlos, darles forma y convertirlos en amuletos. Hay que tener mucho valor para hacer este trabajo. Recuerdo que en una época, un hombre acompañaba al abuelo a realizar este oficio. Yo, curioso, quería saber a dónde se dirigían. Una noche me escondí, sigiloso, y los perseguí. No podía creer lo que veía. El hombre halaba los restos del cuerpo de una mujer, la desvestía y separaba cada hueso uno por uno. En el silencio y la tenue niebla de aquella noche, el hombre y mi abuelo me mostraron la vida que ellos le robaban a la muerte. Había huesos por todas partes. Me sorprendían los rostros del abuelo y del hombre, parecían no inmutarse. No me pude contener y les grité: ¡Por Dios! ¿Qué hacen? No hubo respuesta. El hombre, agarrándome por el brazo, me llevó frente a los restos y me ordenó colocar los huesos en el saco. En ese momento no supe lo que hacía, pero desde entonces soy también colector de huesos.

Luego de una noche de esas donde la sombra de los guardias de seguridad parecía aguardar detrás de cada mausoleo, cada sauce y cada estatua religiosa de mármol, llegué a casa y el abuelo no estaba conmigo. Por un momento, pensé que se pudo haber quedado seleccionando más huesos en las tumbas que abrimos o que simplemente lo habían descubierto. Vacié el saco sobre la mesa. Algunos huesos eran inservibles. Estaban muy quebrantados y sucios. Era demasiado difícil darles forma.

Con los pequeños pedazos que quedaban en la bolsa, le confeccioné un collar a una niña. Pasábamos siempre por su casa. Ella nos observaba y se persignaba. El collar era similar a un rosario, parecía hecho con pedacitos de caracoles. Luego de dejar el obsequio en el balcón de su casa, su madre lo encontró y aterrorizada, lo echó a la basura.

Al ver cómo la madre se deshacía del regalo, colérico, me imaginé lo que podría hacer con sus huesos. Quizás utilizar pequeños pedazos de su pelvis y unirlos con hilo de pescar a varios trozos de su cráneo. Sería un collar grande, parecido a un medallón. Mientras mi imaginación confeccionaba el amuleto, la madre miraba hacia la lejanía y se persignaba.

Nuestro trabajo se ha vuelto muy peligroso. Los familiares pagan para que la tumba sea más segura. Los que no, prefieren cremar a sus seres queridos para evitarse malos ratos de las tumbas saqueadas. Los guardias de seguridad están cada vez más pendientes, en lugar de jugar dominó.

La noche que decidí ir solo al cementerio, había pasado todo el día lija en mano, dándole forma a los huesos. Mientras trabajaba, me llegó un recuerdo lejano y como transparente de mis padres. Recordé la ocasión en que los vi por última vez. Habían salido a festejar su aniversario. Mi abuelo, que no cree en ninguna celebración, estaba molesto porque se usara eso de excusa para dejarme a su cuidado. No recuerdo nada más de esa noche. No recuerdo si regresaron o simplemente me olvidaron. De hecho, no recuerdo sus rostros. No recuerdo nada. Desde entonces el abuelo me cuida.

Pasada la media noche, me dirigí al cementerio del pueblo. A la izquierda de sus dos portones altos, un letrero grande anunciaba las horas de visita. Me acerqué a uno de los portones y aunque no tenía candado, no pude abrirlo. Era demasiado pesado, así que decidí saltar. Lancé por encima de la verja mis herramientas y al caer hicieron mucho ruido. Me quedé quieto un largo rato por si había alertado al guardia de seguridad. Comencé a trepar la reja y salté al otro lado. Recogí las herramientas y emprendí mi camino. De pronto la piel se me erizó. Nunca había sentido algo así. Varias luces como de linternas se dibujaban en la oscuridad, y me escondí tras una tumba decorada con una figura enorme de la Virgen del Carmen con los brazos extendidos. ¿Cómo podía ser que hubieran contratado a tantos guardias de seguridad? Me acerqué poco a poco y, despacio, me oculté detrás de una de las tumbas hasta avistar la primera luz.

¡No podía ser! Había otro colector de huesos, pero ¿cómo? Pensé que el abuelo y yo éramos los únicos. En mi asombro vi cómo el intruso seguía el mismo procedimiento que nosotros. No se le olvidaba ni un detalle. No pude evitarlo, me acerqué. No sintió miedo al verme y me pidió que lo ayudara. Como la primera vez junto a aquel hombre, lo asistí sin hacer preguntas. Luego de llenar el saco, se lo echó al hombro y se perdió entre las tumbas. Asombrado, decidí acercarme a la próxima luz.

Tal y como lo sospeché, otros colectores de huesos realizaban el mismo ritual que nosotros. Nos debieron haber seguido por años hasta perfeccionar su trabajo. No supe qué hacer. Miré alrededor y solo logré ver las fechas de las tumbas. Mil ochocientos, mil novecientos. Lápidas vacías. Corrí alejándome de los invasores y resbalé sobre un charco de lodo recién sacado de una de las tumbas. Aturdido, me perdí en un laberinto de tumbas, fechas y muertos sin rostro, que no me permitían regresar a mi realidad.

Por primera vez observé la noche. Escuché los grillos, el canto de cada coquí y el rumor del viento acariciando las ramas de los árboles. ¿Qué me había pasado? Traté de ponerme de pie. Se acercaron las luces de las linternas. Debía correr, pero sentía los pies pesados como las figuras de mármol. Encerrado en mi cuerpo inmóvil, sentía deseos de llorar y gritar en silencio. Cerré los ojos y me resigné a ser descubierto. Unas manos arrugadas y débiles intentaron levantar mi cuerpo del lodo. Mantuve la calma. Dejé de escuchar los latidos de mi corazón. Solo podía escuchar mis pensamientos. Otras manos, como de un hombre más fuerte, ayudaban a mover mi cuerpo. Me halaron, me desvistieron. Me examinaron. Comencé a sentir miedo. El recuerdo de un beso apacible en la frente, un olor a dulzura y la sonrisa en el rostro, se alejaron con la señal de un adiós en sus manos.

En el auto que aguardaba fuera de la casa, un hombre me guiñó el ojo y sonreí. Se alejaron. Escuché el metal de las herramientas caer al suelo. Verificaron mi cráneo. De pronto pude percibir el olor del abuelo ¿Me ayudaría? Mi sorpresa no podía ser mayor. Él era quien exploraba cada parte de mi cuerpo. En la confusión, la retrospección me hizo recordar a un niño jugando con los cerillos sobre la mesa cubierta de papeles de periódicos. Sentí el inconfundible sonido de mis huesos quebrantados. El fuego se adueñó de la casa. El abuelo abrazaba mi cuerpo que ardía en llamas. Todo a nuestro alrededor se quemaba. La mesa, el periódico, la casa, mis sueños, las lágrimas, mi abuelo y yo.

Fémur, cráneo, tibia, húmero, pelvis, todos en el saco. Ahora soy extremidades que serán convertidas en amuletos.

* Este cuento fue publicado en el libro Cronoscopio, de la autora.

EL ALAMBRISTA

Sentado en la silla habitual, mantiene la postura, evitando que su espalda sea presa de los tres barrotes verticales del respaldo. Las manos descansan sobre sus muslos y los pies descalzos tocan el piso frío. Con los ojos cerrados, inicia una conexión entre su cuerpo y su mente. Inhala y exhala lentamente en tres ocasiones. Humedece los labios y, al mismo tiempo, extiende los brazos equilibrando el peso espiritual.

La ventana exhibe un día soleado y de pocas nubes, clima propicio para la hazaña de cruzar la cuerda floja hacia el edificio contiguo. La distancia aproximada consiste de veinte años de matrimonio, quince meses desvelados, ocho tipos de pastillas, treinta visitas al psiquiatra y un corazón roto. Es la primera vez que debe hacer este acto, pero aun así, se levanta y camina hacia su reto.

Evadiendo la primera regla de un experto alambrista, se asoma y mira hacia abajo. Una muchedumbre sin rostro lo observa, esperando que se llene de valor y comience el acto. Siente cómo la brisa acaricia sutilmente su rostro y hace lagrimar sus ojos. Mantiene la posición de alerta de un militar e inhala. Su mente está clara y se imagina levitando sobre la multitud. Su cuerpo es ligero como lámina de cebolla, y pausado como el intervalo de amarillo a rojo de un semáforo. Todo está bajo control. Todo tiene sentido. Tu cuerpo y tu mente son uno. Camina.

El dedo pulgar del pie derecho toca el cable y le sirve de guía al resto del cuerpo. Extiende los brazos como si pudiera volar y el viento golpea suavemente su pecho; enfrenta el aire asumiendo erguido la postura. El pie izquierdo inicia el recorrido pero, a diferencia del contrario, este se desplaza de forma horizontal. Latido…pie...latido…ojos fijos en el objetivo. Lo haces muy bien. Eres como un papel en blanco, necesitado de escribir una nueva historia. ¡No, no, no! No mires hacia abajo.

Mientras el experto alambrista hace variadas acrobacias, no puede evitar escuchar el murmullo de la gente y se tambalea. Trata de interpretar los murmullos como si fuera la música del guitarrista. Se sienta con los pies cruzados y escucha las notas de la guitarra. El público aplaude. Se levanta con cuidado, y con un solo pie en la cuerda, mantiene el equilibrio.

Se desplaza lentamente, muy lentamente. El cielo cambia de azul claro a azul oscuro como si fuese a llover. Debe aligerar el paso. Decide añadir al acto un cierto nivel de dificultad y comienza a caminar de espaldas. Mirando hacia donde había comenzado su jornada, siente un deseo irreprimible de regresar. Ha recorrido poco más de la distancia entre los desvelos y las píldoras, pero está muy lejos de reparar el corazón roto.

Encorvando el cuerpo, coloca las manos en la cuerda rígida y da una voltereta. El público vuelve aplaudir. Acercándose al destino, escucha el grito de la multitud:

¡Lánzate!

Se niega a mirar hacia abajo pero ahora se une a la voz, un grupo de cuerpos sin rostro que de igual forma gritan

-¡Lánzate! ¡Hazlo ahora!

¡No cierres los ojos! Estás casi ahí. Trata de mantener los brazos extendidos. La cuerda se mece, haciéndolo perder el equilibrio. Se arrodilla. Una ráfaga de viento lo embiste y el alambrista no se puede incorporar. Los asombros suben de tono y aumentan los vítores:

- ¡Lánzate! ¡Hazlo ahora!

Cae al vacío. Sus manos son como tentáculos de un pulpo tratando de agarrar la cuerda. Mientras su cuerpo se desploma puede ver la secuencia de los pisos del edifico. Diez, nueve, ocho, siete…se acelera la circulación. Seis, cinco, cuatro…eres liviano como una lámina de cebolla. Tres…eres una hoja de papel. Dos, uno…

Un fuerte aplauso lo alerta:

-¡Despierta! Mañana continuaremos la sesión.

*Este cuento fue publicado en el libro Cronoscopio, de la autora.

Kristina Plaza Figueroa

Biografía

Kristina Plaza Figueroa:

Nació el 8 de noviembre de 1986 en Bayamón, Puerto Rico, donde reside. Posee un Bachillerato en Artes, concentración en Publicidad Comercial de la Universidad de Puerto Rico. Se desempeña en el campo de mercadeo y promociones. Ha tomado cursos de escritura creativa, cuento, novela corta, biografía y poesía. Colabora en el Comité de Prensa del Festival de la Palabra en Puerto Rico y pertenece al colectivo Tejedoras de Cuentos. Sus cuentos y poesías han sido publicados en la revista Boreales, en las antologías Maraña y Micrófono Abierto I. Participa activamente junto a otros escritores en la Ruta del Cuento, donde se leen cuentos en las plazas públicas del país, en las Noches de Cuento de Tejedoras y en el Micrófono Abierto de Poesía en Casa Emilio. Trabaja en la idea de publicar un libro de poesía y cuentos este año.

AMOR DE PUENTE VIEJO

Era invierno y caminábamos por el puente Milvio de Roma, uno de tantos puentes románticos que guardan entre sus vigas candados cerrados con alguna promesa. Ese era precisamente nuestro propósito: encadenar nuestro corto amor para que fuera eterno.

Conocí a Leonardo durante un viaje de trabajo a Europa. Después de compartir unos días, nos sentimos enamorados. Así que, como todos los amantes que visitan Italia, decidimos prometernos amores eternos en el puente. Tan pronto cerramos nuestro candado en una farola que se tambaleaba por el peso de tantos otros cerrojos, una corriente recorrió mi espina dorsal. Pensé, este es amor del bueno. Entonces abandoné mi empleo, mi familia, mi casa. Nos dedicamos a recorrer ciudades y querernos en todos los idiomas y éramos felices. Hasta una mañana de invierno cuando me senté a leer el periódico en el balcón del edificio viejo que nos albergaba durante nuestra estadía en París, y vi el titular: *"Triste final para los candados del amor"*. Resulta que el gobierno italiano había decidido cortar todos los candados que amenazaban con derrumbar el viejo puente. Me levanté de la silla con sobresalto, caminé hacia la habitación donde un rato antes había despertado junto a Leonardo. Con el escalofrío aún en los huesos, me azotó el mismo corrientazo de aquel día. Comencé en silencio a hacer mi maleta.

Publicado en la Antología de Cuentos Marañas

CASI REINA

Sobre su cabeza descansa una corona. Sobre sus hombros, monarquía, séquitos, plebeyos. Solo queda una hija viva de las diez que ha parido la reina. Entre las gentes se murmura que la realeza está hechizada. Unas brujas dolidas por la represión monárquica buscan acabar con su dominio. Por eso los reyes cuidan a la princesa del acecho de la muerte: para que su reino no quedase sin la única heredera al trono.

La princesa creció esclava de sus días, presa. Cansada de cargar tantos pesos, le pidió a las hadas que veía desde su ventana que la llevasen a pasear por montes lejanos.

—Sí, niña no desesperes—le respondieron las hadas— Estamos trabajando en el encantamiento perfecto para liberarte de tus cadenas.

Mientras esperaba, a la princesita tan solo le quedaba anhelar libertades.

Entonces llegó el día señalado por el vulgo y sus habladurías acerca del hechizo de las brujas. Y para sorpresa del pueblo sometido, llegaron también las brujas a vengarse del rey a nombre de sus súbditos. Llegaron frente a la niña y conjuraron canciones extrañas. Repitieron al viento el hechizo acordado. Se rieron, burlonas, construyendo en su mente los futuros días de la princesa. Una de ellas predijo que la princesa vestiría ropajes ajados, viviría de nuevo encerrada, a la merced de otras realezas.

Pero entonces una de las brujas sintió piedad. Acordándose de los años en que también fungió de hada de la princesita, se postró en su ventana, e invocó nuevos encantamientos. De repente, a la niña le nacieron pezuñas. Su piel se tornó muy blanca. Sus ojos engrandecidos gritaron libertad. El cabello en forma de crin adornó su espalda. La bruja-hada abrió la ventana y soltó a la princesa.

Sobre su cabeza juega el viento. Sobre sus hombros centellea el sol. Ahora dicen que por la vasta inmensidad del reino galopa una yegua blanca en dirección a montes muy lejanos.

Publicado en la Antología de Cuentos Maraña

COMO DOS GOTAS DE AGUA

Está cayendo la tarde y el viento sopla poco. Sólo se siente
una brisa seca y dulce, que le provoca sed. Bernardo mira su copa
vacía y decide buscar una nueva botella de vino. Se pasea entre los
arbustos del viñedo, cuando lo arropa la culpabilidad al ver a Sofía
en la distancia, saludándolo con gestos efusivos. Recuerda la primera
vez que visitó la Toscana. Han pasado tantos años desde que trajo a
su esposa Elena para celebrar el primer aniversario de bodas. Fue
difícil zafarse esta vez de su mujer, pero le había prometido el viaje a
su Sofía. Regresó a la mesa con la nueva botella, encontró su copa
ya servida. Ahora Sofía está sentada en la esquina y le sonríe. Qué
mucho se le parecen Sofía y Elena, la sonrisa dulce pero pícara, los
cabellos castaños revoloteados por el aire, las piernas largas,
desnudas, tras un vestido perfectamente ceñido al cuerpo. Aunque
Elena es la ternura más suave y Sofía la pasión más vehemente, se le
confunden sus olores, sus contornos, esos que extraordinariamente
no delatan la diferencia de décadas que separa a sus dos mujeres. No
puede dejar de pensar cuántas veces deseando a una se ha perdido
entre las piernas de la otra y al final las ha encontrado a ambas. Es

que las necesita, necesita sentirse amado por la misma mujer en todas sus circunstancias, en la rutina de la casa, en los episodios del amorío. Vuelve su mente a la mesa italiana, traga un sorbo de la copa antes servida. La camisa blanca de hilo no sirve para soportar el calor. Ahora está bañada por el sudor de su espalda y siente como el vino se le cuela por las venas. Le cuesta respirar, busca con la mirada ya vaga a Sofía, encuentra a Elena. Ve a Sofía, ve a Elena y sus manos inertes dejan caer la botella de vino que está sin abrir.

.Publicado en la Antología de Cuentos Maraña

RECESIÓN

Era viernes y como todos los viernes, vendía besos en la calle 33 con la 5ta. Ese día me dispuse a llegar más temprano que de costumbre, sentía la tarde rara y no quería que me tomara por sorpresa un aguacero o una ventisca que me hiciera llegar tarde. Había clientes que me esperaban. Así que, antes de salir, verifiqué las condiciones del clima, pero anunciaban un perfecto día soleado. El estado del tiempo, podía ser la diferencia entre venderlo todo o quedarme con el inventario de besos intacto. Llegué, abrí la estación y coloqué los adornos rojos que me hacían notar desde la distancia, los letreros con la descripción de productos disponibles y la oferta del día, que hoy era: *besos de mariposa a dos por uno.* Preparé cajas transparentes con moños rojos para empacar los solicitados para llevar, es que los besos de mariposa casi siempre son calle. Esos, regularmente los compran para regalar a algún amor nuevo.

Lo de vender besos me sale bien. Recuerdo que se me "prendió el bombillo" para abrir el negocio el día que me despedí de mi antiguo novio, me dijo: *lo más que voy a extrañar son tus besos.*

Fue en ese momento que me di cuenta que todos mis antiguos amores me habían dicho lo mismo. Así que a falta de estudios que me colocaran en posiciones aventajadas, decidí optar por el negocio propio. Empecé a venderlos a domicilio, pero no era fácil manejar a las esposas celosas, por lo que cuando encontré esta esquina al lado de un inmenso árbol que sirve de cortina a los clientes escapados o los tímidos, me pareció ideal. Además, hay mucho tráfico en el lugar, especialmente las tardes, llenitas de gente frustrada con la vida, el trabajo, los amores, que solo buscan el cálido cobijo de un beso a buen precio. Es que no hay nada que te levante más el ánimo que un beso perfecto, pedido a la carta y dado de labios extraños, a los que no tendrás que dar explicaciones ni comprar anillos. Avanzó la tarde, se acercó la hora gris del día y no llegó ni un cliente, pasaron a mi lado con cara de pena al negar con la cabeza algún ofrecimiento. Hasta abrí las cajitas para soltar uno que otro al aire y llamar la atención, algunos levantaron los brazos para intentar agarrarlos, pero nadie se acercó a comprar. De repente, me fijé que los negocios a mi lado comenzaron a colgar letreros y cerrar sus puertas antes de tiempo. Me acerqué y leí: *cerrado por recesión*, en letras rojas, brillantes, tristes. Pasaba la gente a mi lado con las bocas esperando y los bolsillos vacíos. Mientras, ahí estaba mi boca seca y complaciente. Así que agarré mi letrero y le pinté unas letras también rojas que decían: *se regalan besos.*

Nancy Debs Ramos

Biografía

Nancy Debs Ramos nace en Cuba, de padre libanés y madre española, pero escoge a Puerto Rico como su patria. Es graduada de Bachillerato en Ciencias con concentración en Biología de la Universidad de Puerto Rico en Río Piedras. Recientemente concluyó los estudios de la Maestría en Creación Literaria en la Universidad del Sagrado Corazón en San Juan, y se encuentra en el proceso de escritura de una novela como tesis para recibir dicho grado.

Sus poemas han aparecido en diversas antologías, la más reciente de ellas *Fronteras de lo imposible,* de Casa de los Poetas, de quien recibió el segundo premio compartido en el 3er Certamen de Poesía 2014. Dos de sus cuentos fueron publicados en las revistas literarias, *Inopia* y *Trapecio.* Recibió una mención por el cuento "El proveedor" en el Primer Certamen Minicuento de la Cofradía de Escritores de Puerto Rico, categoría estudiante.

LA MENTIRA

A las diez de la mañana, con su característica puntualidad, Aurora tocó el timbre de la puerta de la vecina del frente llevando una bolsa plástica en la mano izquierda. Con la derecha sacó la llave del bolsillo y abrió la puerta.

–¡Panchita, ya llegué! –anunció en voz alta, como hacía todos los días cuando entraba. Colocó la bolsa del colmado en la cocina, abrió la nevera para guardar la compra y prosiguió:

–¿A que no sabe con quién me encontré hoy en la tienda?

–¿Con quién? ¡No me diga que con Margarita! –contestó la dueña de la casa desde la habitación.

–No; a su hermana no la veo más que de vez en cuando en la iglesia.

–Yo no la he visto desde hace quince años; me gustaría que viniera a visitarme. A pesar de todo somos hermanas.

–Pero no creo que ella quiera saber de usted después de lo sucedido –replicó, todavía en voz alta, la recién llegada desde la cocina.

Cuando terminó de guardar los víveres, Aurora caminó hasta el único cuarto de la pequeña residencia. Abrió las ventanas de metal, apagó el acondicionador de aire y la luz que siempre dejaba prendida en las noches antes de marcharse.

—A ver, a ver… Voy a levantarla para llevarla al baño —dijo Aurora.

Con dificultad, elevó el torso de la mujer y la ayudó a sentarse en la silla de ruedas.

—¡Ay, mi vecina; tan buena que es! Si no fuese por usted no sé qué me haría. Mis hijos, que son todos unos malagradecidos, no se ocupan de su madre; mi exmarido Arcadio, que me dejó por una cualquiera, ni se acuerda que existo; a los demás vecinos no les importo "pa'ná" —dijo Panchita.

—No piense así, mujer.

—Es la verdad, si no fuese por usted yo no tendría quién me preparara la comida, no tuviese ropa limpia para ponerme, mi casa estaría siempre sucia, no me podría bañar y estaría todo el tiempo en esa cama sin poder levantarme.

—¡Olvídese de eso!

—Pero, ¿cómo me voy a olvidar? Usted es mi paño de lágrimas, la única persona que se ocupa de mí, y, además, no me cobra por nada de lo que hace.

—No se apure que ya Dios me lo pagará. Venga, que la voy a levantar del inodoro.

—¿A quién dijo que vio hoy en la tienda? —preguntó Panchita.

—¡Ay, vecina, a Roberto!

–¡Roberto! Ese idiota que después que le pegó los cuernos a mi hermana conmigo, cogió miedo cuando Arcadio nos encontró "revolcaos" en el piso y desapareció. ¿Y qué le dijo?

–Pues nada; solo nos saludamos.

Aurora ayudó a Panchita a bañarse, le peinó las canas y la llevó en la silla de ruedas hasta frente al televisor de la pequeña sala. Colocó varios cojines para que estuviese más cómoda.

–¿Qué programa quiere ver?

–Pues, ya usted sabe, la novela La mentira. ¡Está más buena! ¡Esa "condená" muchacha es tremenda! El amante es el mejor amigo del marido y el esposo de su hermana. También coquetea con el compañero de la madre. Se tira lo mismo al juez que al boticario, le miente a los hijos y al padre; ¡siempre tiene una buena excusa para sus maldades!

–Perdóneme, vecina, ¿no será que le gusta porque la protagonista es igualita a usted?

–¡No se "esmande", Aurora, que no le he "da'o" la confianza!

–Perdone, Panchita, ¡pero hace lo mismito que usted hacía!

–Mire, ¿por qué no me prepara el desayuno?

Aurora caminó hasta la cocina sonriendo. Sacó dos huevos de la nevera, jamón, queso, leche y pan. Preparó la cafetera con el café que había traído del colmado. Batió los huevos para hacer la tortilla preferida de su vecina.

–Déjeme sentarla bien –le dijo Aurora a Panchita cuando le sirvió el desayuno.

–Gracias, "mi'ja".

–¿Está usted cómoda así o le pongo más cojines?

—Así estoy bien.

—¿Y cómo va la novela?

—Pues, la chica esa ya está inventando otra tramoya.

—Tiene suerte que todo le sale bien, ¿ah?

—Sí, es muy afortunada –rió la mujer en la silla de ruedas.

Después de fregar los platos Aurora barrió y limpió la casa. Puso a lavar la ropa sucia, desempolvó los muebles y guardó la ropa limpia.

—¿Le gustó la comida que le hice hoy? –preguntó la más joven mientras recogía los platos de la cena.

—Muy buena, gracias.

—Mañana le voy a hacer unas patitas de cerdo con garbanzo y un arrocito blanco con tocino.

—¡Ah, qué rico!

—Pero después voy a tener que prepararle una dieta con menos calorías para que no engorde. No quiero que su médico me regañe porque no la cuido bien.

—No se preocupe por lo que diga el doctor, Aurora. La vida es una sola y hay que disfrutarla.

A las siete de la noche, después de llevarla al baño por última vez, Aurora acostó a Panchita y se despidió, dejando la luz del cuarto prendida como siempre hacía. Cuando Panchita escuchó la puerta cerrar, se levantó de la cama, buscó una revista que tenía escondida en el armario y se puso a leer. Cuando terminó de hojear la revista, acomodó todo de la misma manera que lo había dejado la vecina. Apagó la luz de la habitación y se acostó de nuevo. Por la mañana, antes de que llegara Aurora, volvería a encender la luz del cuarto.

SUEÑOS DE PAPEL

Mi trabajo previo en una tienda por departamentos, consistía en observar a través de cámaras los cubículos y cajas registradoras de los probadores de ropa de mujer. Recuerdo con precisión, a una joven humilde que todos los viernes por la tarde escogía un hermoso vestido diferente y entraba al probador. Pude contemplarla mientras se paraba frente al espejo semana tras semana. Cuando se enfundaba en el traje, su cara desteñida resplandecía. Se subía en puntillas, porque nunca calzaba tacones, para bailar al ritmo de una música interna, cadenciosa. Teñía sus labios de rojo naranja y lanzaba besos al aire. Daba vueltas con un rictus lúdico en la boca. Después, observaba con detenimiento el perfil de su silueta dibujado en el cristal. En ocasiones arrimaba aquella pieza de ropa a la nariz, y olfateaba como quien aspira el olor de un amante. Al terminar sus rituales, caminaba desde el probador hasta la caja registradora con el vestido en la mano. Entonces, invariablemente, la veía detenerse y bajar la cabeza por varios minutos. Algunas veces cuando se frotaba los ojos parecía que lloraba. Tomaba la tela del traje entre los dedos deslizándola sobre su cara, hasta que, con un gesto de dolor, colocaba de nuevo la pieza en el estante y siempre se iba de la tienda sin comprar.

Una tarde coincidí con la joven a la salida del establecimiento. Igual que todos los viernes, ella llevaba puesto el uniforme de empleada doméstica y cargaba solo su maltrecha cartera. La seguí de cerca, por curiosidad, manteniendo cierta distancia. Se aproximó a una anciana vagabunda, delgaducha y enferma, que tenía por costumbre instalarse en la esquina de la tienda. La joven sacó un monedero pequeño, lo abrió y vació todo el contenido de billetes en la lata que extendía aquella mendiga, antes de cruzar la calle y perderse entre la multitud. Caminé algunos pasos hasta llegar a la esquina, donde me detuve frente a la anciana raquítica que sostenía en una mano la lata con dinero y en la otra un letrero casi borrado que nunca me había detenido a mirar. El cartel desteñido leía: "Si te sobra algo, por favor, no me dejes morir".

LA MOSCA

Jamás pensé que reencarnaría en una mosca. La muerte me sorprendió joven el día que me disponía a llevar a cabo una venganza. Estaba seguro de que mi mejor amigo, Bernardo, mantenía un affair con mi esposa Anita. Podía percibirlo en las largas miradas que compartían, durante los susurros que presencié desde lejos varias veces, por los pies que juntaban debajo de la mesa, hasta por los tuíts disimulados que escribían a diario.

La muerte frustró mi plan. Había conseguido un potente veneno que preparaba un colega de la universidad, y ya lo tenía, destapado, sobre la quinta tablilla del librero. Como la sustancia era insípida, la mezclaría con una bebida destinada a Bernardo. Una sola gota, cuyo efecto tardaría pocos minutos, sería suficiente. Fue justo allí, en la biblioteca, que expiré de un ataque al corazón.

Ahora estoy de nuevo en casa, pero dentro del cuerpo de una mosca. Todo lo veo a través de imágenes múltiples, como si mis ojos fueran un panal y cada hueco del panal fuese un ojo. Anita y Bernardo llegan abrazados. Observo en millones de píxeles lo que siempre imaginé. Entran a nuestro cuarto. Quizás porque piensan que están solos dejan la puerta abierta. Se acuestan desnudos sobre la cama, él abajo, ella arriba; como siempre le gustaba.

Salgo de la habitación destruido. Me dirijo a la biblioteca agitando las alas con torpeza sin acostumbrarme a mi nuevo organismo. En la tablilla del librero continúa la poción intacta, tal como la dejé. Mojo las patas en ella y vuelo con dificultad al cuarto para contemplar a mi esposa de cerca por última vez. Entro cuando los cuerpos se estremecen agitados y me interpongo entre las caras. Advierto que puedo oler sus fluidos; eso me irrita. Bernardo emite un suspiro arqueando la espalda hacia atrás en una curvatura coital. Me introduzco en su boca abierta mientras Anita, con los ojos todavía cerrados, se acerca, y lo besa.

*Publicado en diciembre de 2013 en la Revista Trapecio (revistatrapecio.com)

Patricia Schaefer Röder

Biografía

Patricia Schaefer Röder

Patricia Schaefer Röder es escritora y traductora literaria. Nació en Caracas, Venezuela, donde se crió. Allí obtuvo la Licenciatura en Biología y publicó sus primeros ensayos. Vivió en Heidelberg, Alemania y en Nueva York, EEUU, donde retomó el oficio de escribir y se dedicó a la traducción y las artes editoriales. Desde el año 2004 vive en Puerto Rico, dirigiendo su propia empresa de traducción y producción editorial. Los escritos de Patricia han sido merecedores de premios nacionales e internacionales, apareciendo publicados en diversos medios, incluyendo la reciente antología Fronteras de lo imposible del Certamen Casa de los Poetas 2014, de Puerto Rico. En 2011 recibió el Primer Premio en narrativa del XX Concurso Literario del Instituto de Cultura Peruana en la ciudad de Miami en Florida, Estados Unidos, con su cuento "Ignacio". Su antología de relatos cortos *Yara y otras historias* fue publicada en 2010 por Ediciones Scriba NYC, que en 2014 también publicó su primer poemario *Siglema 575*: poesía minimalista. Entre sus traducciones literarias destaca la novela *El sendero encarnado*

(The Reddening Path) de Amanda Hale, publicada en 2008 por Verdecielo Ediciones. Patricia tiene un blog literario, donde cada miércoles publica nuevos escritos: patriciaschaeferroder.blogspot.com.

Correo-e: **patricia_schaefer@scribanyc.com**.

APRENDIZAJE

Ayúdate, que Dios te ayudará.

"Rezar siempre ayuda. Rezar es la solución para todos los problemas; es el mejor remedio para todos los males. Si estás en apuros, reza", decía mi madre. Era muy santa, mi madre. Y muy sabia. Santa y sabia, sí señor. Mi madre decía que todos los días se aprendía algo. Y tenía razón. Así mismito es. Hoy me tocó aprender esto a mí. Así mismo. Toda la vida fui una persona devota que asistió a la misa diaria de las seis de la mañana. Fui creyente y practicante desde que tenía memoria; así me crió mi madre. Y así crié yo a mis hijos también. Josué mi marido también era religioso. Nos conocíamos desde que éramos unos chamaquitos y pasamos toda la vida juntos. Toda la vida, en verdad. Nunca nos separamos, siempre nos quedamos en este pueblo. Aquí nacieron nuestros cinco hijos, en nuestro pueblo, que era también el pueblo de nuestros padres. De nuestras familias. De nuestros antepasados. En este pueblo; este mismo pueblo pacífico que no huyó del ejército que venía del norte. Nos habían dicho que nos fuéramos, pero no quisimos abandonar nuestros hogares. Ya sabíamos que bajaban, pero la verdad era que ellos no tenían nada que buscar aquí. Como nosotros no habíamos hecho nada malo, no teníamos nada que temer. Así que nos quedamos, rezamos mucho y confiamos en que no vendrían a nuestro pueblo. Seguro se desviarían y pasarían por otro lado. Los pueblos vecinos se iban vaciando, y nosotros orábamos para que no llegaran al nuestro. Pero esta mañana sentimos el olor a pólvora y sudor cayendo pesado como la bruma del norte. Y en medio de la nube fueron apareciendo como una jauría salvaje. Un enjambre armado y loco. Hombres que parecían animales, con las ropas sucias y las caras manchadas, mostrando los dientes en una ira centellante que brotaba diabólicamente de sus ojos enardecidos. Pero sabíamos que eran seres humanos como nosotros. Al verlos, oramos en silencio por sus almas. Eran soldados. Soldados que llegaban y mataban todo lo que se moviera. No preguntaban de qué bando era cada quien. Sólo disparaban y quemaban lo que había a su alrededor. Era como si el infierno se hubiera adueñado de la tierra y todos nosotros hubiésemos sido condenados por pecadores. Josué y yo reunimos a nuestra familia para rezar, seguros de que la oración nos salvaría. Su madre, mi padre, mi hermana Matilde y los chamaquitos; todos oramos. Oramos cuando oímos a los soldados acercarse gritando. Seguimos orando mientras el ejército bloqueaba nuestra casa. Rezamos al oler la gasolina que echaban por las paredes. Rezamos con más fervor cuando los soldados le prendieron fuego por las cuatro esquinas y el techo. Rezamos al sentir la temperatura subir y rodearnos, cubriéndonos como una frazada de lana en pleno verano. Oramos a pesar de que nuestras gargantas ardían secas y nuestra vista se nublaba. No dejamos de rezar mientras, tomados de las manos, nos ahogábamos en el humo negro, tosiendo y con los ojos llenos de lágrimas. Rezamos mientras nuestras ropas y nuestra carne se chamuscaban, nuestro cabello derritiéndose como plástico. Oramos más aún. Rezamos con más fuerza que nunca. Uno a uno fuimos cayendo. Seguíamos rezando, humillados ante las llamas enormes y desbocadas que consumían lo poco que teníamos. Nuestras cosas. Nuestro aire. Nuestra vida. Oramos hasta perder el conocimiento. Hasta perderlo todo. Rezamos hasta comprender al fin que, a veces, rezar no sirve de nada.

"Aprendizaje" aparece en Yara y otras historias.
ISBN 978-0-9845727-0-0

ELLA, ÉL

Él estaba en el estacionamiento; egregio, elegante, expresivo. Entre emociones encontradas esperaba el efímero entreacto. Ella entraría escondida, envuelta en encajes encolados en ese elongado embrollo extravagante, esencial. Educada, endulzaría entretanto el espacio embebido en excesivos episodios empañados, ejecutando el ejercicio erótico eficaz en el ecuador elástico, eléctrico, elemental. Entonces, embriagada, espontánea, extremadamente emancipada, extraería espaciada el elíxir emergente entre ecos en enardecidas exclamaciones extenuadas, elípticas. Era ella existencial en extremo: ecuánime, exacta, ética, ejemplar; empero exhibía espectacular ego en elaborar el eje en edema edificado, eclipsando enteramente el enarbolado estandarte eclesiástico. Él, edecán enaltecido, enamorado, enrojecido, echaría el efluvio en efusivo estruendo, ensimismado en ella, ejemplo exaltado ebullendo ebrio en el exilio enmascarado. Entretenidos, extrañarían el edredón efectivo, enmarañado en el estanco estimulantemente enfriado. Eran ellos esculturas entrelazadas elaboradas en ébano encendido, elegido entre elementos excepcionales, eclécticos, ecológicamente esenciales. Ella, él, en edad exquisita, erizados, excitados, enamorados.

Enajenados en espectacular elevación, eliminaron egoísmos en ese evento especial estrenándose, entregándose, estirándose, estremeciéndose, estrechándose, estrellándose efusivamente en estrepitoso estampido; empachados, entremezclados eternamente. Ellos eran especialistas en esa empresa extasiante, enloquecedora, envolvente, enviciante; esperaban empepinadamente encontrar el enésimo estimulante encubierto en el enquistado entendimiento, entrecortando exhalaciones envejecidas, esquiladas, entristecidas, engrandeciendo ese éter espiritual evidenciado en el estallante existir. Entonces entrarían, expertos ejercitados, en el eterno edén.

"Ella, él" aparece en Yara y otras historias.

ISBN 978-0-9845727-0-0

EL CORTE

Niño, quédate tranquilo. No te muevas tanto. ¡Que te quedes tranquilo te digo! Mira que si no, te puedo sacar un tajo de piel sin querer. A este chiquito le crece el pelo como si fuera maleza. Cada mes y medio se lo tengo que rebajar. Me estaba costando una fortuna mantener al niño con una apariencia decente, llamando a la peluquera o llevándolo al barbero. Pero ese dinero me lo voy a ahorrar. Esta máquina la anunciaban como la maravilla con corriente o a baterías. "Con ella, cualquiera lo puede cortar en casa", decía el cartel. Al fin me decidí y la estoy probando hoy por primera vez.

Espera un poco, que algo pasa con la potencia. Será que las baterías no están suficientemente cargadas todavía. Un momento, que pongo el cable. Bien, todo resuelto; ahora sí podemos seguir. Pero quédate tranquilo, que esta es mi primera vez. No te quiero trasquilar, mira que luego los demás niños se burlan de ti. Y no me hables tanto, que no me dejas concentrarme en el corte. A ver, creo que debo usar un peine más grande aquí arriba, uno mediano sobre las orejas y uno bien corto para la parte de abajo. Será que primero te rebajo todo el coco con el peine grande, luego te hago la franja del medio y al final te recorto de las orejas para abajo con el más pequeño. Sí, eso mismo voy a hacer. Te digo que no te muevas tanto; pareces un canguro con un ataque de epilepsia. ¡Cuidado te digo, niño!

A ver, a ver; voy a empezar por aquí adelante y me voy a ir hacia atrás. Una carrera en el centro, una a la derecha, otra a la izquierda. Déjame ir por la derecha primero. Muchacho, tú sí que tienes pelo; eso como que lo sacaste de tu papá, que tiene una mata de pelo enorme y grueso. Porque yo, nada que ver. Tengo poco y demasiado fino. Menos mal que algo bueno sacaste de él; ja, ja, ja. Déjate la batica, no te la toques tanto, que se te va a meter el pelo por la camisa y luego te pica todo. Escucha lo que te digo. ¡Uf! Es inútil; estos niños no hacen caso. Ya verás, cuando te levantes de la silla vas a tener una piquiña por la espalda y por toda la barriga. Te vas a tener que bañar, aunque tú dijiste que hoy no te ibas a bañar en protesta porque no te querías cortar el pelo. Bueno, pues te salió igual. Y si no me haces caso, también te vas a tener que bañar para quitarte la comezón. A ver, quédate calladito, que me desconcentras. Hoy la que habla soy yo, ¿oíste? Al fin; la capa de la derecha está lista. Quedó bastante bien para ser la primera vez. Déjame cortar por aquí atrás, que todavía no había llegado a este punto. Un poquito por aquí, otro poquito por acá. Muy bien. Ahora el otro lado.

Un momento, que creo que se trancó el mecanismo. Pero cómo no se va a trancar, con ese pelo macho que tienes, mijo. Parecen cerdas de brocha de afeitar. A ver, déjame leer las instrucciones. Dice que si se llegara a trancar puede ser por exceso de pelo en el mecanismo. Espera un momentico, que lo voy a limpiar.

Ahora sí. Nos toca el lado izquierdo. Huy, este cable se queda enganchado en el apoyabrazos de la silla. Menos mal que es largo; así puedo moverme bien alrededor tuyo. Mejor lo levanto un poco. Creo que estoy aprendiendo, pareciera que me sale más fácil este lado. Será porque soy zurda, no sé. A ver, voy para atrás de nuevo. Voy a retocar un poco la derecha, mira que no quiero que andes por ahí con el pelo todo desigual. El corte será casero, pero tiene que quedar pro-fe-sio-nal. Y mira, si me sigues hablando y te sigues moviendo, lo menos que va a quedar es profesional. Ya verás como todos los niños se van a reír de ti en la escuela. Si me sigues desconcentrando con tu cháchara te voy a castigar. Te voy a dejar con el pelo cortado a medias, ¿oíste? Ahí sí es verdad que vas a parecer un loquito por la calle. Así que te me quedas tranquilito y con la boca cerrada, por favor. No quiero escuchar más nada, ¿entendido? ¡Y no te vuelvas a mover!

Bueno, déjame cambiar el peine para hacerte la segunda capa. Baja la cabeza para que pueda ver mejor. A ver por dónde comienzo. Será por la derecha, como antes. A ver, déjame dar la vuelta para ponerme en posición. Este peine es más pequeño, así que el pelo te va a quedar un poco más corto aquí. Es increíble lo fácil que resulta usar estas maquinitas; nada de medir las capas con los dedos y usar las tijeras como hacen los estilistas. Bueno, tal vez tenga que usar las tijeras al final, para retocar algo que no haya quedado perfecto. Pero la verdad es que no creo que haga falta; los peines estos tienen el tamaño ideal y puedo cortar el pelo en todas direcciones. Creo que se está viendo cada vez mejor. No te muevas, por favor, que si no te voy a tener que dejar como Kojak pero sin la chupeta. Si supieras quién era Kojak, no te moverías tanto. Ahora la izquierda. Otra vez me parece como más fácil, mijo. ¿Será que tienes la cabeza torcida hacia ese lado? Bueno, todos tenemos el cuerpo disparejo, así que no te culpo. Déjame pasar por aquí atrás para retocar la derecha. Muy bien. Atrás, adelante y de nuevo hacia atrás para repasar encima de la nuca. Mira que quiero verte más bello que antes.

Deja la cabeza bien abajo, mijo, que ahora te voy a hacer la tercera capa. Al menos ya no me desconcentras; si llega a quedar torcido será por culpa mía y lo voy a admitir. Yo prefiero eso a tener que explicarle a todo el mundo que el corte quedó mal porque el niño no me dejaba trabajar con tranquilidad. Vamos de nuevo por la derecha, damos la vuelta aquí atrás, regresamos por la izquierda y repetimos desde el frente una franja más abajo. Las patillas y la nuca deben quedar inmaculadas, déjame ver cómo le hago. No te vayas a mover ahora, mijo, que estoy justo al lado de tu oreja. Y no quieres quedarte desorejado, ¿verdad? Así mismo, tranquilito, sin moverte ni un ápice. Muy bien; parece que te estás portando mejor. Mira que a partir de ahora te voy a recortar siempre en casa, así que más te vale aprender a portarte bien desde hoy. Creo que al fin lo estás entendiendo. Menos mal. A ver, la primera patilla quedó decente; ahora la segunda. Déjame dar la vuelta por aquí. Te la voy a emparejar con la otra.

Déjame volver a retocar todo tu coco con el primer peine; cualquier cosa antes de tener que usar las tijeras esas. Arriba, abajo. Derecha, izquierda. Delante, detrás. Parezco un trompo loco, ja, ja, ja. Pero vas a quedar perfecto, mijo. Pro-fe-sio-nal, como quien dice. Un momento, que aquí quedó un mechoncito que se escapó de la cortadora de grama esta. Ya está. Perfecto.

Al fin terminé, mijo. Me tomó casi una hora, pero quedaste guapísimo. A ver, sube la cabeza para verte la cara. Dale pues. Vamos, no te hagas de rogar y sube la cabeza, mijo. ¿Qué no oyes lo que te digo? Primero tuve que amenazarte para que te quedaras tranquilo y ahora no quieres moverte para nada. ¿Qué fue, te estás vengando? ¡Que subas la cabeza te digo! ¡Que te quiero ver la cara! Bueno, te la subo yo. ¡Huy qué pesada! ¡Y qué tiesa! Tienes los labios azules. ¿Qué te pasa? ¡Mijo, háblame! ¡¿Cómo te enredaste el cable en el cuello?! Déjame aflojártelo. No puedo; está duro y no resbala. ¡Mijo! ¿Qué hiciste esta vez? No me escuchaste, ¡te dije que te quedaras quieto! ¿Y ahora qué? ¡Vamos mijo, respira! ¡Respira! ¡Respira, que te lo ordeno yo! ¡Respira, por favor…!

LA OVEJA NEGRA

¡Por fin llegaste! Ya me estaba comenzando a preocupar…
¿Qué pasó? ¿Por qué tardaste tanto, tuviste algún percance? Bueno,
lo importante es que ya estás aquí. ¿Alguien te vio cuando venías?
Mira que es un secreto. ¿Trajiste exactamente lo que te pedí?
¿Pudiste conseguirlo sin problema? Lo necesito urgentemente; sé
que no aguantaré mucho más…

Todos en mi familia asemejamos ángeles suecos y todos
parecieran querer ser siempre más angelicales aún. Todos menos yo.
Siempre me sentí como la oveja negra de la familia. Soy rebelde por
naturaleza; nunca he soportado que me digan lo que debo hacer y
mucho menos que me obliguen a nada. Por eso hago lo que quiero,
sin importarme lo que piensen los demás; al fin y al cabo se trata de
mi vida y ya. Y así y todo, nunca había hecho esto antes; será por
eso que me tomó bastante tiempo decidirme, a pesar de que siempre
sentí la curiosidad y la tentación me rondaba insistentemente. ¡Qué
emoción! ¡No puedo creer que haya llegado el día, luego de tantos
años! Pero dicen que lo bueno se hace esperar, así que lo haré sin

ningún remordimiento y lo disfrutaré al máximo, ¡sí señor! Estoy harta de los consejos, de las reglas y las convenciones; no sirvo para eso. Prefiero que me dejen en paz para ser libre y vivir como yo lo desee, sin que alguien se inmiscuya en mis asuntos. ¿Y qué si lo hago, si al fin de cuentas no le causo un mal a nadie? ¿Por qué tanto escándalo y tanta ridiculez en torno a mi comportamiento, si además vivo sola y dependo de mí misma? Cualquier cosa que haya hecho y haga en el futuro ha sido y será a riesgo propio, ¡que dejen ya de entrometerse todos!

A ver, ¿fue muy caro? Mira que sólo pienso usar lo mejor, ahora y siempre. No tolero la piratería ni la adulteración, sobre todo en algo tan importante y costoso; mi cuerpo no lo resistiría. ¡Ah sí, es exactamente lo que quería! ¿Tienes los implementos a mano? ¡Qué bueno, entonces podemos comenzar ya! Abre el paquete con cuidado, no sea que se caiga; sabes que no me puedo dar el lujo de malgastarlo. ¡Qué nervios! Déjame respirar hondo mientras lo preparas todo. Esto tiene que ser perfecto, recuerda que estoy en tus manos. Sí, estoy segura de que lo quiero hacer, pero por favor, hazlo con mucho cuidado. Voy a cerrar los ojos para ayudar a que te concentres mejor. ¡No puedo esperar más! ¡Toma ya la brocha y tíñeme el cabello del azabache más oscuro que existe…!

MATRIARCA

Mientras más me miman, más menuda me mantengo, manejando mareada mi máscara maternal. Mujer, madre, mártir; mucho margen medular, melodramático, melancólico. Mensajera, mandante, mendiga; mercenaria matrona meritoria, mezclada, mísera. Ministra miniaturizada, millonaria; mayorista mínima, mitológica, moderada. Mi macho marido, monigote malnacido, monstruo miserable, maniático; mi matrimonio malaventurado, masoquista, malogrado, me metió mucho miedo. Muy matrera, mi mamá me mandó merecido machete, matarratas matador más medicamentos matasanos. ¡Menos mal! Madrugué, me maquillé, mudé meteóricamente mi mundo malo, maltratado. Malherida, marchita, marcada, me mofé malamente mientras miraba molesta monumentos morales mentirosos. Muchas memorias mansas mezcladas me maravillaron momentáneamente. ¡Marcelo, mi mocoso mimado, muchachito misógino, mujeriego, mozarrón moro, malandado malabarista morfinómano moroso, mañero; me mata mi morriña madrina, muéstrame molinos metropolitanos mitificados metódicamente! Marisela, muñeca mestiza, melliza malcriada, musculosa, majadera; muestras muslos manoseados, mordisqueados, mórbidos, muy metidos, motivados, movidos más mamas magulladas, mugrientas, marginadas. Maira, menuda muchacha, monja mitigadora, modesta, magnánima; mejor murmullo mi melodía mientras mundanamente matizo más música medieval, mágica. Mariana, mi musa mulata mayor, moza, modelo, matemática, mediadora, madura; multitudes matinales marchantes me miran merodeando, movedizas, mudas; mija, mantenme mimada mientras mojada me marcho murmurando monótonamente, muriendo...

Samar De Ruis

Biografía

Samar De Ruis

Poeta y cuentista. Nace en Puerto Rico. Siendo una niña comenzó a escribir canciones y poemas. Participó en varios certámenes en la escuela intermedia y superior. Recibió el primer premio en poesía, prosa y ensayos. Luego de varios años de pausa literaria retoma la poesía. En el 2012 su poema, "Pétalos en el alma", fue reconocido por la Asociación de Escritores y Poetas Hispanos, Capítulo de Puerto Rico, en el Certamen Grito de Mujer. El Certamen de Poesía Cristiana le premió en 2013 con un segundo lugar por el poema "Intimidad al amanecer". Decide explorar otros géneros literarios. Junto a Cómplices en la palabra publica sus primeros cuentos en "Relatos en voces diversas" (2013). Sus poemas son publicados en la antología Micrófono Abierto (2014). Participó como jurado en el Certamen de Poesía y Cuento del Centro Cultural La Ceiba, adscrito al Instituto de Cultura de Puerto Rico. Su primer poemario de poesía mística saldrá publicado en el primer trimestre de 2015. Al presente dirige, junto a Ángel Agosto Agosto, el proyecto editorial La Casa Editora de Puerto Rico. Correo electrónico: samarderuis@gmail.com

QUIERO VERME EN TUS OJOS

Esos ojos no parecían de este mundo. Eran los más hermosos vistos en mis cuarenta y dos años. Grisáceos con destellos de luz bajo circunstancias apagadas. La tarde radiante del sábado en el Viejo San Juan era propicia para pasear. Fui hasta la farmacia. La cantidad de turistas confirmaron la llegada de un crucero. El camino estaba abarrotado de diversidad. La isla se vestía de mundo.

Lo divisé al terminar de pagar los artículos en la caja registradora, esa que operas por ti mismo para economizarle un empleado al local. Se encontraba en la acera, frente a la puerta, donde se ubica el vagabundo de turno. Las sandalias de colores brillantes destacaban ante el color puro de su vestido, haciendo combinación con el taqiyah, sombrero islámico. Pensé: *Debe ser un extranjero. Posiblemente un turista que perdió su cartera y ahora necesita unos dólares para proseguir el viaje.* Mi interés por el hombre de ojos en forma de aceituna aumentaba mientras continué observándolo. Él miraba fijamente a todo el que le daba una limosna. Tengo por costumbre mirar a los ojos a todo vagabundo que encuentro en el camino. Por la experiencia vivida hace dos años pienso que algunos son ángeles buscando un contacto humano. Desde entonces me fijo en el rostro de cada pordiosero.

Observé su físico con detenimiento. El pie izquierdo mostraba estrías de resequedad. La mugre en las uñas parecía maquillaje de meses. Su hermosa piel marrón quemado acentuaba la nariz perfilada. La figura esbelta proyectando cansancio debió contar con más de 6 pies de estatura.

En la mano derecha sostenía un vaso plástico transparente de diez y seis onzas con algunas monedas en el fondo. Levantaba su cabeza con timidez mirando al sentir la proximidad de algún transeúnte. Es la conducta común en los que allí se detienen por varias horas a esperar la misericordia de los aledaños. *No lo he visto antes aquí. ¿Será esta su primera visita a la isla?* Busqué su mirada. Noté una sensibilidad desmedida en ella. Era penetrante, diáfana, apacible y hasta amorosa. Deposité una limosna en el vaso mirándolo fijamente. *¡Qué ojos tan hermosos!* Sin pestañear recorrí su rostro. Él correspondió.

Era difícil dejar de mirarlo. Me sentía cautivada. Quise expresarle la hermosura sorprendente de sus ojos pero callé. No conseguí espacio para la voz mas, lo repetía incesantemente en mi corazón. Coloqué mi ofrenda en el vaso sin quebrantar la conexión visual entre ambos. Al unísono sonreímos. Al dar mi primer paso para retirarme le escuché decir: Gra-ci-as. El quebranto de su voz me sorprendió, sobre todo, por intentar expresar gratitud a pesar del esfuerzo que parecía requerirle. Lo resolví pensando que se trataba de alguien que conocía poco el idioma y quería ser agradecido. Proseguí hacia mi apartamento.

Retomé la conversación interior habitual que sostengo con el espíritu al que todos llaman Santo. Le expresé mi fascinación por la hermosura de aquellos ojos y la miraba apacible del hombre de cuerpo desgastado. Le dije:

-¡Tu creación es tan hermosa!

-Díselo -Me respondió con suavidad y marcado interés.

-Tendría que regresar.

-Regresa y díselo.

-No. Mejor voy y le preparo almuerzo. Se lo digo al entregárselo.

Y así, sin retroceder, el entusiasmo marcó mis pasos. Me esmeré en hacer una comida sabrosa y rápida: puré de papas majadas, pechuga de pollo encebollada, ensalada verde, frutas como postre, agua para la deshidratación.

En menos de una hora iba de regreso hacia la farmacia. La emoción me arrobaba los sentidos sin comprender el porqué de tal intensidad. Cerca del lugar de encuentro me invadió el desconcierto. El hombre de ojos deslumbrantes no estaba allí. Lo busqué por toda el área sin éxito. La tristeza nubló mi corazón. De repente escuché el susurro de la voz santa diciéndome: ¿recuerdas lo que me dices todos los días cuando conversamos? Rápidamente contesté: -Cómo no recordarlo si es un anhelo constante. Te dije, ¡quiero verme en tus ojos! Al pronunciar la última palabra me detuve. La sorpresa me invadió. Recordé los versos que ayer le escribí:

Verme en tus ojos es deseo febril

que pretende ser paciente

y a vuelos me lleva

verme en ellos

es sentir la gota que transita

la corriente interna

sabiendo que tu amor me recorre

te busco

te haces visible

vienes a mí

descubro tus ojos

en ellos me veo

me regalas tu mirada

La emoción me embargó. Miré al cielo y dije: *-Ahora comprendo...*

VELO DE AROMAS

> *No trates de guiar al que pretende*
> *elegir por sí su propio camino.*
> *William Shakespeare*

Quiero sentirme en su cuerpo. Era el pensamiento de Ivana Saadi Ocampo o, más bien, un anhelo reiterado. Revoloteaba en su mente la idea de la sensualidad aflorando en la piel. Seis años atrás había enviudado y, desde entonces, sus energías iban dirigidas al trabajo como analista de sistemas y al cuidado de su progenitora enferma. Justo al sentir que su existencia daba giros en la misma rutina, lo imprevisto tocaba la puerta. Su mamá sucumbió al efecto despiadado de la enfermedad que va borrando los recuerdos y entumeciendo la mente.

Era hija de un comerciante sirio radicado en Marruecos, fallecido, y una española de ascendencia árabe, los cuales establecieron su hogar en Granada. Allí creció Ivana observando los dogmas del Corán. A los treinta y dos años coqueteaba con la liberación de sus creencias o tal vez de las tradiciones, de las cuales fue desconectándose lentamente.

El estar casada la sumergió en un hábito que luego fue inmóvil al asumir el cuido de la madre. Compartía esporádicamente con amigas de la universidad mas no así con Kalil, su compañero de trabajo, homosexual y cristiano liberal, con quien mantenía una comunicación abierta. Era el amigo jocoso que, a su vez, le inspiraba gran confianza.

Comenzó a adaptarse a la nueva vida, en la que el tiempo era abundante. Con frecuencia, sin evitarlo, recuerdos al azar invadían su consciente. Escenas de un matrimonio estéril de pasión la sacudían día tras día. Acostumbrada a satisfacer a su esposo por deber, había olvidado la sensación del deseo. La figura varonil le fue atrayendo. Con miradas discretas inició el juego de identificar lo que le gustaba de los hombres que veía a su paso, sintiéndose atraída por algunos. *¡Qué guapo es! Mejor me pongo las gafas de sol. Tonificado, cabello rizo y piel cobriza. Tal vez un poco más alto se vería mejor. Me gusta su mirada. Ahí va otro; no me gusta tanto. Debo tener cuidado, no deben notar que los observo, Se ve descuidado. Este es muy bajo. No me gustan con canas. Ninguno refleja ternura. Umm, ni bien ni mal. Lo quiero de seis pies, fornido, amable, cariñoso.*

Hizo del quehacer diario un escenario para estimular los sentidos. Desde el arte culinario, en el cual era hábil, hasta en el transporte público. Fragancias, atmósferas y fantasías se mezclaron en un despertar sensual. Era latente las ansias de prescindir del velo islámico que la acompañaba desde niña. Lo estuvo considerando por mucho tiempo y este sería el momento oportuno. El amanecer la recibió exhibiendo el cabello largo rizado armonizando con los ojos negros. *Todos en la oficina me miran asombrados. Parece que aprueban el cambio.*

En Novagalicia Banco, donde trabajaba, fue conociendo a Danitza, una joven gitana con espíritu libre y compasivo que buscaba oportunidades para apoyar causas benéficas y hacer labor social. A instancias suyas, Ivana se dispuso a tomar un curso para aprender a bailar sevillanas. ¡Excelente oportunidad para dejar escapar la sensualidad enjaulada! Inducida por el nuevo ritmo, le dijo a Kalil:

—Bailar me libera, me siento sexy. He estado atada por tanto tiempo.

—Maja, lo que necesitas es un hombre. Cómprate un Kama Sutra para que sepas qué hacer con ese cuerpo.

Estuvo meditando sobre la atractiva sugerencia. Se sorprendió al encontrarse fantaseando entre los olores exóticos de las especias con las que cocinaba. Al escuchar música, escenas sensuales imaginadas avivavan su piel. La ausencia de recato en sus pensamientos desprendía un velo. Le sobrevino la urgencia de canalizar la llamarada. Al recordar una conversación de Danitza acerca de un artículo en la revista Cosmopolitan sobre dedicarse tiempo a solas para estar en contacto con la belleza física, quiso seducirse. Dejó escapar el momento, mas fue soltando sus creencias e hilvanando a la mujer que quería ser. Le comentó a Kalil, discretamente, sobre sus experiencias:

—Siento vergüenza de hablarte sobre este tema, pero confío mucho en ti. Anhelo estar con un hombre y conocer mi cuerpo. No logré la intimidad deseada con mi esposo y, aquí estoy, fantaseando entre canciones y aromas.

—Por fin, chiquilla, que es hora de despertar. Conocerte es aprender. Tómalo como una clase de fisiología. Descúbrete y comienza a amar. Verás que cuando las hormonas femeninas se revuelven, las masculinas se disparan.

Tras negociar con el pudor, entró a la librería para comprar un libro de masajes eróticos y otro sobre la sensualidad en la mujer. *Increíble que me haya atrevido a hacer esto, prepararé un hummus, hace tiempo que no lo como, ¿qué pensarán al verme en esta sección?, voy a cambiar la receta, no debo preocuparme, los que están aquí buscan lo mismo que yo, ya sé, menos tahini, ay, esto no se parece a mí, mejor lo sustituyo con aceite, ¡si me viera papá!, tal vez de habichuelas blancas, ¿y mamá?, sepelio por segunda vez, conviene con perejil y paprika húngara, valor, quedará rico.* Las conversaciones con Danitza aumentaron en frecuencia. La Internet era aliada idónea ofreciendo consejos y rituales para explorar la intimidad, motivándose así a practicar lo sugerido en ellos.

Ansiosa, al anochecer en la recámara, encendió velas de distintos tamaños con esencias de jazmín, lavanda y azahar. En el iPod había compilado una serie de canciones que estimulaban su inventiva. Vistiendo la negligé azul turquesa recientemente adquirida, frente al espejo, observando en la penumbra la imagen proyectada carente de prejuicios, fue reconociendo su atractivo. Con las manos emprendía el camino a palpar cada pulgada, sin prisa, fluyendo al ritmo de los sentidos ante el sigilo alborotado de la piel. Al enredar su cabellera rozaba el cuello; continuó la peregrinación deambulando su anatomía. Desvistió su sexualidad bailando la caricia, recorriendo el llano y orillas y montañas y veredas. Con respiración profunda se fue aproximando al lecho, cayendo sobre él. Cerró los ojos, sintiendo. Las palpitaciones apresuraron el movimiento. Las manos navegaban el surco de lo inexplorado. Los dedos acariciaron rítmicamente el pistilo con algazara de gemidos. Se inundaron las sensaciones, hinchándose de ansias. Tal como el azafrán, despidió su aroma con el hervor del éxtasis. Al licuar la tensión desprendía otro velo.

Los días transcurrieron para ella en completa relajación mientras se convertía en una lectora asidua de las diferencias sexuales entre hombres y mujeres. El pasatiempo la motivó a investigar el punto de vista de las religiones sobre la sexualidad y el erotismo. A medida que nutría la curiosidad escrupulosa, se fue exponiendo sutilmente a otros credos. Desligada del Islam, quiso conocer nuevos enfoques dogmáticos. Acompañó a Kalil a la iglesia. A pesar de sentirse incómoda y retraída ante lo extrovertido de las alabanzas, desconocidas para ella, supo apreciar el recibimiento caluroso que le dieron y la espontaneidad con la que oraban.

Danitza, por su parte, le propuso que la acompañara a una de sus actividades filantrópicas. Fueron a la Plaza Nueva, cerca de la Alhambra, donde budistas ofrecían ropa y comida a los "deambulantes". Entre los presentes se encontraba Adham Gilabert, profesor de Teología en la Universidad de Granada y asiduo voluntario en obras de caridad. Durante los pasados nueve años, la clase que impartía sobre Religiones del Medio Oriente y Asia era una de las más concurridas. Su envoltura de misticismo capturó el interés de Ivana quien, con la mirada, iba acariciando la figura corpulenta con tez de caramelo del inusual espécimen. *Puerta ancha para perderme en la quimera.* Con perfume de pachulí fue ensayando encuentros arropados de seducción. Pensándolos dio a luz unos versos:

Devano los deseos
que por años reprimí
libero el éxtasis
que alimenté
lista estoy
para despedir mi aroma
contigo el amor tiene rostro

Las obras benéficas fueron el escenario para encuentros sucesivos. A medida que le fue amistando, iba descubriendo al ser humano cuya ternura, sabiduría y firmeza de carácter la arrobaban. En el camino del deseo, lo místico la interceptó. Un desfile de experiencias vividas invadieron su pensamiento hasta darse cuenta de la desconexión íntima que había estado alimentando por años. La introspección profunda le demostró que no es posible amar sin sentir amor. Al soltar los prejuicios, estereotipos, complejos, lástima, *victimez* y desidia, rompía los esquemas. Abandonando los "detente" dio paso al fluir de emociones mientras reconocía la autenticidad interna, sus mónadas. Destapó los verdaderos "yo soy" para mostrar la fénix virtuosa en nupcias con el amor y la aceptación. La desnudez interior mostraba su esencia. Entonces escuchó la voz del

Espíritu, esa que penetra el alma y se deposita en ella, acariciándola. En la intimidad con el Ser Supremo, rozó lo eterno.

Accediendo a la transparencia soltaba las inhibiciones mientras iba rescatando la libertad. El anhelo de sentirse completa era el norte. El interés por conocer los matices emocionales del hombre que tanto le atraía le facilitó mostrar las nuevas maneras de ser y, con ellas, el acceso a Adham. Con la confianza de las ciervas al escalar lugares altos revelaría el aroma propio. Al mirarle pensó: *Quiero sentirme en su alma.*

Publicado en Antología RELATOS POR VOCES DIVERSAS

ME RESISTÍ A TUS MANOS

Era solo un poco de barro, de ese que se encuentra en el camino, forrado de yerbas y matojos. ¡Cuánta limpieza demandaba para poderlo trabajar! Para Elohim esta no era una tarea difícil, por el contrario, siendo el artífice de obras maestras anticipaba la belleza que crearía. Usando un cedazo pudo eliminarle las impurezas. Le eran suficientes sus manos y el agua para comenzar a darle forma. Su obra se resistía y pensó: *Tiene criterio propio y es caprichosa. Solo se dejará moldear a su gusto.*

El tiempo del alfarero creyó ella estar dirigiendo a su antojo. Mientras él creaba la base esta le decía: "Así no, prefiero de esta manera". Apacible y paciente su hacedor daba la impresión de complacerla. El torno giraba constantemente y ella, moldeándose a sus anchas. De repente, él detuvo el proceso. Tomó la pieza que parecía estar a punto de ser completada. Le quitó la forma. La apretó. La amasó. La estiró. La encogió. Cambió todas sus orillas con sutileza firme. Orza experimentó un proceso inusual. Se descompuso. Intuía que le habían roto todas sus partes dejándola sin forma. Dudaba de poder integrarse de nuevo. Creyó desfallecer ante la magnitud de los cambios que solo le permitían sentir. Vencida, él prosiguió.

Elohim le creó nuevas curvas. La estaba haciendo conforme a su plan, con el diseño que había determinado para ella cuando la concibió desde el barro. Una y otra vez fue reparando las grietas que, en su apuro por moldearse, Orza se creó. Estas ya no existían. Fluyó en las manos del dueño del alfar como la corriente que sigue el curso del río. Su interior era tan suave como la superficie. Flotaba dentro de sí, a la expectativa y sin apuros; sin tormentas mas en quietud; sin dolor mas en baile de sonrisas; sin apegos pero unida a él. Aprendió a moverse al ritmo de las manos que la iban moldeando mientras observaba la belleza que él le iba descubriendo. Ella aportó alegría en la prueba. Cada movimiento era un ballet de libertad. Aprendió varias danzas al ritmo de los dedos del alfarero. Abandonó la tensión de crear su propia ruta. Él le mostró el camino, uno perfecto.

Y así, Elohim completó la obra. Orza Celeste se sintió exquisita. Quedaba algo por hacer. Siendo una vasija tan especial, él quiso grabarle un sello de autenticidad. Era única, irrepetible. En ella labró con caricias eternas el sello de su amor. Al mirarse, Orza comprendió que este le había esculpido el alma y dijo:

-Lamento haber resistido tus manos todos estos años. ¡Hubiera resultado tan preciosa de no haberlo hecho! Él le contestó:

-Todo lo bello que tenías lo conservé. Has sido moldeada a mi manera. Te dejaste llevar fluyendo en mí. Eres más hermosa que lo que hubieras sido por ti misma. Te he creado para sostener mi amor.

Lo miró con gratitud y escuchó: "Ahora tienes luz…"

Sandra Santana

BIOGRAFÍA

Sandra Santana

Nació en San Juan, Puerto Rico. Posee un bachillerato y maestría en Administración de Empresas, con concentración en Contabilidad, de la Universidad Metropolitana y la Universidad Interamericana, respectivamente. Posee, además, una maestría en Creación Literaria, con concentración en Narrativa, de la Universidad del Sagrado Corazón, de donde obtuvo la Medalla Pórtico, que otorga la Universidad por excelencia académica, en mayo de 2012.

Coautora del libro **Vivir del Cuento**, la primera antología de estudiantes de la maestría en Creación Literaria, publicada en enero de 2009. Incluida en la antología **Fantasía Circense (**2011). Sus cuentos han sido publicados en la Revista **Inopia** (2013 y 2014). Fue incluida en la **Antología de poesía Micrófono Abierto en Restaurante Casa Emilio** (2014). Incluida en la antología **Latitud 18.5**, Antología de la primera década de maestría de Creación Literaria, Universidad del Sagrado Corazón, diciembre 2014. Actualmente trabaja en la edición de su primera novela, para ser publicada en 2015.

Es, además, sindicalista. Productora y conductora del programa radial Foro Social, de la Central Puertorriqueña de Trabajadores y la Coordinadora Unitaria de Trabajadores del Estado, desde marzo de 2012. Se transmite por WIAC 740 AM, todos los miércoles a las 3pm.

Correo electrónico: sandrasantana730@gmail.com.

TARDE

Cuando Sarah se enteró de que estaba embarazada, ya era tarde para practicarse un aborto. Pensó en la posibilidad de dar la criatura en adopción, pero no tuvo valor siquiera para indagar sobre el asunto. Así que tuvo que seguir adelante, simulando que no le importaba ser madre soltera a sus cuarenta años.

A medida que crecía su vientre, aumentaba la certeza de que la vida a la cual estaba acostumbrada se iba acercando a su fin. La alta sociedad a la que pertenecía no le perdonaría semejante desliz. Se lamentaba una y mil veces de su desatino.

Siempre recordaría aquella noche, en que se dejó deslumbrar por aquel negro de estatura imponente y atrayente musculatura. Se sintió en las nubes cuando él se fijó en ella. El corazón se le estremeció y comenzó a imaginar su vida unida a la de aquel hombre. Sabía que una relación así no sería bien vista en su círculo exclusivo, en el que la igualdad social y racial existía sólo en apariencia. Ni siquiera su familia inmediata aceptaría en su seno a una persona que consideraran en posición de desigualdad frente a ellos. Aún así, pensaba que por una sola vez podría tener una aventura sin mayores consecuencias con aquel ejemplar. Nunca había intimado con un hombre negro, ni había sentido la más leve curiosidad hacia alguno de ellos. Pero tenía que reconocer que aquél era diferente, simplemente espectacular. Su aire de casanova lo hacía irresistible. Exudaba una virilidad que casi se podía palpar; sobre todo al bailar. El bolero de letra salvaje y música seductora conspiró con el cuerpo varonil para despertar en ella una sexualidad irracional. El aliento caliente acariciaba sus cabellos y las orejas comenzaron a enrojecer de puro gusto. A la altura de su pecho, el exquisito olor del macho la embriagaba. En la deliciosa penumbra del salón, las grandes manos viajaban por su espalda, subían al cuello y bajaban hasta el nacimiento del trasero, acalorándola, pegándola más a su cuerpo en cada movimiento. El roce de los cuerpos fue fatal. La dureza de la entrepierna masculina la hizo perder el control. Ya nada tuvo sentido para ella. Solo un deseo llenaba su mente, sentirlo. Deslizó una mano por el amplio pecho y bajó hasta la bragueta para palpar aquel formidable bulto. Él tomó su mano y la apretó contra sí, mientras le susurraba al oído palabras que la excitaban y la llenaban de ansiedad. La oleada de placer fue estremecedora.

Se dejó llevar. Y el negro la llevó a un motel. Hicieron el amor muchas veces esa noche, salvajemente, con desenfreno, saciando las ansias que se desbordaban sin control. El hombre la hizo llegar a límites insospechados, logrando hacerla sentir un placer que nunca antes había experimentado. Al amanecer se despidieron para siempre, pues a ninguno de los dos le interesaba establecer una relación seria.

A medida que pasaban los meses, Sarah comprobaba con amargura cómo se deformaba su cuerpo, tan cuidado hasta hacía unos meses. En silencio, rogaba al cielo que la nueva criatura llegara con un color de piel lo suficientemente aceptable como para ser admitida en su círculo social. De no ser así, estaba segura de que el futuro sería desastroso para ella, porque no era lo mismo acostarse con un negro, que parir un hijo negro. Ya era suficiente con tener que vivir en estado de aislamiento. Sus amistades ya casi no la procuraban. Sabía que la habían juzgado y encontrado culpable, tal como ella lo había hecho antes con otras que tuvieron la osadía de ser madres solteras. Su caso era más difícil, porque el padre de la criatura estaba proscrito en su entorno social.

Llegó el día del parto y por fin conoció a su hija. Casi muere por la impresión. La niña nació tan negra como el padre. Se echó a llorar sin consuelo. Las enfermeras pensaron que era por la emoción, pero la nueva madre lloraba de vergüenza y de rabia por haber dado rienda suelta a la locura aquella noche.

Se mudó a otra ciudad, donde nadie la conocía. Profesional como era, no tuvo problemas para hallar un nuevo empleo. Hizo nuevas amistades, gente común y corriente, que no reparaba en cosas como la posición social o el color de la piel. Le ofrecieron una amistad sin requisitos para cualificar y sin juzgar su condición o estado civil.

Pasaba el tiempo y a pesar de que mantenía a la hija en las mejores condiciones de bienestar físico, Sarah nunca pudo sentir por ella más que resentimiento. No le perdonaba el giro que tomó su existencia por causa de su nacimiento. La consideraba una intromisión indebida y no deseada en su vida. El amor que las madres decían sentir por sus criaturas, ella solo sabía fingirlo. La sensación cálida y de bienestar que todas afirmaban haber adquirido tras la maternidad nunca se gestó en su corazón.

Pocas veces salía con la pequeña Mara. Generalmente era para visitar los centros comerciales, acompañada por sus nuevas amigas y sus hijos. Sin embargo, a medida que pasaba el tiempo, se le hacía cada vez más difícil soportar aquellas salidas, porque la chiquilla siempre armaba un escándalo por cualquier motivo. Sarah le compraba todo lo que pedía, con tal de que se tranquilizara. Unas veces lo conseguía y cuando no, la criatura rompía a gritar a todo pulmón. Ella la ignoraba y dejaba que alguna amiga se hiciera cargo de calmarla. Las salidas se convertían, entonces, en un experimento en frustración.

Entre el trabajo y la casa transcurría su vida. El hastío le ofuscaba la mente. Sentía que la hija era cada vez más insoportable. Se culpaba a sí misma porque sentía que su vida se había echado a perder. Los últimos años la habían hecho cambiar de actitud respecto al matrimonio. Ahora añoraba lo que antes despreciaba; pero pensaba que ningún caballero se fijaría en ella con intención de formar una familia. Lo cierto es que algunos sí se habían acercado, pero no reunían los requisitos impuestos por ella. Así que su angustia crecía al advertir que solo le esperaba una vejez ingrata.

No había vuelto a saber de aquel hombre a quien llamaba don Juan y al que culpaba de haber trastornado su vida, hasta un día que fue a un centro comercial con una amiga. Él venía de frente. El movimiento al caminar, la ropa ajustada, el aura de macho cazador, lograron que por un momento casi perdiera el equilibrio. Sus ojos se encontraron y por un momento pensó que la iba a saludar; pero pasó de largo, sin reparar en ella ni en su hija, de la cual desconocía su existencia. Siguió de largo, del brazo de una hermosa mujer. Sintió náuseas. Tuvo que detenerse para recuperar la compostura.

A pesar de todo, todavía soñaba con frecuencia con él. Al despertar seguía soñando, recreando cada momento de aquella noche fatal: la forma ruda de arrancarle la ropa, el aliento caliente, el olor picante de su piel, la lengua hábil, la verga poderosa penetrándola una y otra vez. El placer llevado al límite del dolor; la enajenación total. Nunca había sentido tanto placer, ni antes ni después del negro que entró en su vida y se alojó como una obstinación en su pensamiento. No lamentaba el encuentro; lo único que sentía era no haberse protegido.

Nadie podía imaginar lo infeliz que se sentía. Lloraba mucho cuando estaba a solas, casi no comía y avejentó considerablemente. Comenzó a acariciar la idea de entregarle la pequeña al padre. Cuando imaginaba el encuentro y la noticia que le daría, sentía renacer la ilusión dentro de ella. No podía imaginar cuál sería su reacción, pero insistiría, de todos modos.

Comenzó a visitar con más frecuencia el centro comercial, pero sola. Una idea la obsesionaba, encontrarlo. Meses más tarde sucedió. Esta vez él iba solo. Sarah pensó que podría mantenerse ecuánime, llegado el momento. Sin embargo, cuando lo tuvo de frente volvió a sentir las mismas ansias de aquella terrible noche. Inexplicablemente, él seguía ejerciendo un extraño poder sobre ella. Había algo particular, como un halo, que lo distinguía de los demás.

Se mente se ofuscó cuando escuchó la voz grave y sensual. Intercambiaron saludos breves, unas pocas palabras sin mucho sentido. Lo suficiente para entrar en calor y salir del lugar juntos.

No sabría precisar cómo, pero al poco tiempo se encontraron en la cama de ella, gozando los placeres más primitivos y urgentes de la raza humana. Sarah pospuso el momento de decirle la verdad, para un poco más tarde, pero se quedó dormida. Cuando despertó, él se había marchado. Incrédula, buscó en todas partes, con la esperanza de encontrar una nota. No encontró nada, ningún indicio que demostrara que alguien estuvo allí. Se preguntó si lo habría soñado, pero su cuerpo desnudo y la humedad de la piel le confirmaron que fue real. Aunque desilusionada, tuvo que aceptar que lejos de sentirse utilizada, se sentía extrañamente complacida. El deseo, negado, pero latente durante cuatro años, por fin se había cumplido.

Varios meses después Sarah se enteró de que estaba embarazada nuevamente. Ya era tarde para practicarse un aborto, según la opinión del médico.

(Cuento incluido en la antología Vivir del Cuento, de la que es coautora, 2009)

PEDACITOS DE ILUSIÓN

En sus frágiles manos sostenía cuidadosamente el billete de la lotería. La expectación y la esperanza de cambiar muchas cosas la mantuvieron en estado de euforia toda la semana. Caminó emocionada hasta el balcón, con el paso suave que impone la vejez, y sacó el periódico de entre los barrotes de las rejas. Se detuvo un momento a observar con detenimiento la silla donde solía sentarse día tras día para ver la vida pasar. Necesitaba un cojín nuevo, pero, por más que intentó, no pudo imaginarla luciendo una tela diferente.

Sentada en su asiento tan querido, buscó la lista de números premiados. El suyo no estaba. Desilusionada, dejó el periódico a un lado y miró hacia el interior de la casa. Observó con ternura los muebles raídos y las cortinas descoloridas, mudos testigos de mejores tiempos, cuando la casa estuvo llena de vida y alegría. El viejo televisor y la radio eran sus compañeros, ya no recordaba desde cuándo. Era una casa suspendida en el tiempo, llena de recuerdos colgados en las paredes. Comprendió que, a su edad, no podría concebir su existencia en ningún otro lugar.

Sin embargo, repasando mentalmente los últimos días, se dio cuenta de que por primera vez, en mucho tiempo, se había sentido entusiasmada. Muchas veces hasta entonó alegremente una canción que aprendió cuando era muy joven. Las noches de insomnio las aprovechó para soñar despierta, imaginando otras realidades, distantes tal vez, pero posibles en su imaginación. Aquellas sensaciones, que ya casi no recordaba, le devolvieron la esperanza.

Apoyada en su bastón, salió de la casa. Con un dólar en el bolsillo y en la cara una sonrisa, marchó decidida a comprar otro pedacito…de ilusión.

LOS VIERNES

Lola

Despertó contenta. Desde hacía varias semanas, el viernes se había convertido en su día preferido. Enderezó el cuerpo agarrotado, volvió a encogerse y con movimientos lentos y trabajosos, logró sentarse. Estiró la mano y agarró las galletas dulces que le servirían de desayuno. Les sacudió las hormigas y comió con avidez. Se arrastró hasta el lío de ropa. Se puso el pantalón y la chaqueta que encontró en el bote de la basura donde siempre hallaba piezas en bastante buen estado. No quería contrariar con su apariencia a la clienta de la gasolinera. Sonrió al recordarla.

Tan bonita, siempre tan elegante y simpática. La única que conversa conmigo y no me sermonea. Tampoco hace gesto de asco cuando me acerco. Y junto con el peso me da una sonrisa y los dientes tan parejitos le brillan de blancos.

Bajó los ojos, avergonzada. Hacía mucho tiempo no sabía lo que era cepillarse los dientes. Pero con la clienta se le olvidaban por un momento sus miserias. El viernes anterior conversaron sobre la pobreza y las necesidades de las mujeres en el país. *Tan bonito que habla, muy correcta ella, y como que canta al hablar, como si fuera una artista.* Y lo mejor era que la dejaba opinar. Eso la dejaba con una sensación de felicidad que le duraba un buen rato, y luego, cada vez que podía, echaba mano del recuerdo, y sonreía.

Comenzó a desesperarse. El cuerpo le exigía la cura de la mañana. En varias ocasiones había intentado bajar las dosis, pero era imposible. Por el contrario, necesitaba cada vez más. Se incorporó con dificultad y salió del cuartucho, directo al punto de drogas, unas cuadras más adelante.

Hoy voy a preguntarle qué opina de eso del calentamiento global. De eso hablaba aquel señor ayer en la televisión de la gasolinera. Lo cierto es que hace un calor del demonio, y estamos en noviembre. Para mí, que el mundo se está acabando.

El encargado del punto le dio el bolsito con la droga, con la amenaza de siempre: tenía que regresar a pagarle pronto, o si no, le iría muy mal. Se fue, lo más rápido que pudo, agarrándose los pantalones para que no se le fueran a caer. En la casa abandonada que servía de hospitalillo, buscó en el suelo lo que necesitaba. Le quitó un poco el polvo a la cucharilla, vertió el contenido del sobre, y la calentó por debajo con el encendedor hasta ver el líquido que le hacía brillar los ojos. Luego aspiró el contenido con la jeringuilla. Esperó unos segundos y se inyectó con torpeza en el espacio más despejado que encontró en el brazo izquierdo. Suspiró aliviada al sentir cómo se le calentaba la vida desde adentro. Se dirigió a la gasolinera con paso vacilante. Tenía que aprovechar cada segundo, antes de que le subiera la nota y comenzara a flotar.

Al llegar a la estación, sintió cómo se le adormecía el cuerpo. *Demasiado rápido el efecto, esta vez.* Pero se sentía tan placentero, que no opuso resistencia al sueño que la hizo caer cerca de una bomba de gasolina. Escuchó el ruido del auto que se acercaba, pero no pudo moverse. De inmediato, sintió todo el peso del mundo sobre el pecho. Una sensación no muy distinta de la que experimentaba cada día de su vida desde hacía tantos años, con excepción, últimamente, de los viernes.

Ada

Llegó a la oficina casi arrastrándose. Todo el cansancio de la semana le explotaba el viernes. A sus compañeros de trabajo les renacía la vida y no hallaban la hora de salir para ir a divertirse. Para ella, en cambio, era el día más pesado. Solo deseaba que terminara pronto para llegar a la casa y descansar. Claro, solo por unas horas porque el fin de semana la esperaba el trabajo doméstico, que nunca tenía fin, la visita a los padres y las prácticas de pelota de su hijo, además de las exigencias del marido, demasiado irascible últimamente.

Al salir del trabajo, la única parada en el camino la hacía en la estación de gasolina Tex-Oil. Fue allí donde la vio por primera vez. Era una drogadicta, de baja estatura, casi en los huesos y muy desaliñada. Caminaba con dificultad, sin despegar los pies de la tierra. Imposible calcular la edad de tanta miseria junta en un solo cuerpo. Pero tenía una sonrisa cálida, a pesar de la escasa dentadura en tan mal estado. Ella también le sonreía, y le ponía algún tema de conversación mientras llenaba el tanque. Las últimas veces la notó más animada, y hasta se mostró ingeniosa. Tenía ideas muy radicales sobre algunos temas; como cuando hablaron sobre las mujeres en el país. Decía que todas debían unirse y derrocar al gobierno de machos que no hacía más que maltratar y abusar como les daba la gana. Somos mayoría, decía, pero no lo hemos entendido. Sonrió con pena al pensar en la pobre mujer. *Tal vez no tan pobre. Por lo menos ella es consciente de su situación, y de la de todas las demás.*

Miró las pulseras de colores llamativos. Al llegar a la estación de gasolina se las quitaría. No quería contrariar con sus adornos a la amiga, como la llamaba para sí.

A la hora del almuerzo, en el comedor de la oficina, un reportaje en la televisión la consternó. La noticia reseñaba que habían arrollado a una mujer en la gasolinera Tex-Oil, en horas de la mañana. El conductor se dio a la fuga. Se supo que se trataba de una usuaria de drogas que pedía dinero en el lugar, pero nadie había acudido a identificar ni a reclamar el cuerpo. Ada dejó el plato y regresó a su escritorio. Trabajó en silencio toda la tarde.

Al salir de la oficina, se detuvo en la gasolinera. Pagó y se dirigió a la bomba, como una autómata. Miró alrededor mientras llenaba el tanque. Todo estaba como siempre. Nadie parecía percatarse de la ausencia de un cuerpo, ni de la miseria que en su lugar seguía creciendo.

Un viernes triste, pensaba mientras conducía hasta su casa. Se sentía oprimida. No era la primera vez que tenía esa sensación, como si cargara en el pecho todo el peso del mundo.

DESPERTAR

Aquella tarde papá llegó hecho una furia. Se paró en medio de la pequeña sala, su figura imponente llenaba casi todo el espacio. Observó con detenimiento las paredes, antes de comenzar a gritar que en su casa no podía haber cuadros de imágenes, porque era pecado. Uno a uno empezó a arrancarlos. La última cena, el pastor y sus ovejas, y hasta San Judas Tadeo, todos fueron a dar al piso sin más ni más, esparciendo vidrios por doquier. El cuadro de la virgen, el preferido de mi madre, se hizo añicos, reventado contra la pared. No se salvó ni el crucifijo de cerámica que le envió mi hermano desde Corea. Ese cayó al suelo con gran estrépito, desmoronándose en el acto. Al final, las paredes quedaron desnudas. Cuando terminó la refriega, papá se ajustó los calzones y se marchó satisfecho.

Mi madre y yo contemplamos la brutal escena desde la cocina. Llorando en silencio, mamá se dispuso a barrer los restos de los símbolos de su fe católica, arrasados por el incipiente pentecostalismo de papá. Yo vi sus lágrimas mezclarse con el polvillo en que quedó convertido el crucifijo, regalo del hijo mayor. Sentí mucha lástima por ella y procuré estar cerca mientras recogía, pero ordenó que me fuera, por temor a que me cortara con algún residuo de la destrucción.

Muñeca en mano, salí de la casa y me senté al final de la escalera. Sentía el pecho apretado porque era la primera vez que veía llorar a mamá y porque pensaba que las lágrimas silenciosas debían doler más. A los pocos minutos, pasó un niño y me invitó a jugar. Le dije que sí, pero desde ese momento, en cada juego, iba a ser yo quien diera las órdenes.

(Cuento incluido en la antología Vivir del Cuento, de la que es coautora, 2009)

Tejedoras de Cuentos
de
Argentina

Elsa De Fátima García

Biografía

Elsa de Fátima Garcia, escritora y poeta. Nació en Cañada de la Cruz Departamento Burruyacu Provincia de Tucumán Republica Argentina.

Cursó su carrera de arquitecta en la Universidad Nacional de Tucumán, mientras participó paralelamente de diversos talleres literarios.

Su actividad creativa esta impregnada de una profunda sensibilidad, tanto en lo literario como en lo artístico.

Su labor en el marco de las letras comprende, desde lo poético, poemas en versos libres y haikus; en tanto en el género narrativo escribió cuentos y microrrelatos.

Ha participado en diferentes encuentros culturales y es miembro de varios grupos en pos de la difusión de las letras, la búsqueda de lo sensible y concientización.

Sus obras están presentes en antologías provinciales, nacionales e internacionales como ser "Tangos y Palabras que invitan a Soñar", "Sueños y Secretos".

Actualmente está trabajando en varias obras personales próximas a editarse. La primera está compuesta por una serie de relatos de diversas temáticas. La segunda es un libro de poemas, la tercera es una novela romántica con una problemática que trasciende en el tiempo y otra de espionaje la cual ya concluyó su etapa de argumentación.

Correo : efgarcia58@hotmail.com

Dedicatoria:

A todas las personas que me acompañaron con amor a lo largo de este tiempo

VESTIDO DE PAPEL

El sol comenzaba a asomarse entre las grisáceas nubes incipientes. La tierra ávida de calor, lo recibía en su regazo. En aquella soledad, en las cercanías de las sierras; cada mañana se escuchaba el trinar de los pájaros entre las ramas de los arboles distantes…

Ella vivía rodeada de verdes cañaverales.Cada casa distaba casi un kilómetro una de otra.

La escuela quedaba muy lejos y debía caminar mucho en medio de la escarcha en las frías mañanas de invierno. Muchas veces la maestra no asistía a dar clases y le resultaba cada vez más difícil aprender.

Era una niña pero podía darse cuenta de muchas posibilidades para escapar de esa situación que no le permitía un mejor porvenir. Soñaba con comprar telas, a las que convertiría en hermosas vestimentas.

Un día llego a sus manos una revista, donde un pequeño recuadro encerraba un anuncio: corte y confección por correspondencia.

Su mirada se perdió en el horizonte del este, donde se divisaba la presencia de caseríos dispersos…

Sintió que alguien venía a ayudarla, socorrerla, rescatarla de esa monotonía sin futuro.

Imaginaba como seria esa forma de aprendizaje…

Pasaron algunos días, entre el trabajo de labrar la tierra y encargarse del cuidado de sus hermanos más pequeños, aunque Nati tenía apenas doce años.

Fue así que preparo una carta, donde puso todos sus datos personales solicitando que le enviaran toda la información necesaria al respecto.

Camino varios kilómetros hasta la estafeta postal.

Su carta fue tragada por la boca enorme del viejo buzón; sin saber si algún día recibiría la respuesta. Pero ella llego más pronto de lo esperado.

Después de muchas suplicas a su madre, consiguió el dinero para pagar la inscripción y finalmente pudo comenzar su curso por correspondencia.

Cada mañana comenzaba más temprano los quehaceres cotidianos y al llegar el medio día tenía listo el almuerzo hecho en el fogón de la cocina.

A pesar de tanto trabajo, Nati esperaba ansiosa desocuparse para leer cada lección.

El papel de seda parecía un retazo mágico, transparente y suave.Después de leer atentamente, comenzó a marcar paso a paso sobre el mismo.Luego estreno la tijera plateada que abrió sus alas bajo el cielo diáfano de Abril.

Su caja contenía un equipo de trabajo: cinta métrica, hilos, alfileres, dedal y tijera.

Cada vez eran más complejas las lecciones; un día llego el momento de hacer un vestido de papel, pequeño, de apenas treinta centímetros. Era un traje de novia en miniatura, con todos los recortes para estilizar un cuerpo que debía lucir perfecto; pero en este caso solo en su imaginación.

La transparencia etérea de los pliegues, el escote cavado, la sisa bien formada, la pinza que realzaba con sutileza el busto, la manga raglan … todo debía controlarse minuciosamente.
Con mucho esmero y delicadeza iba entrelazando cada parte del modelo.

Ella lo sentía palpitar frente al aleteo de la llama del mechero a kerosene, en esa noche que solo se escuchaba los grillos en los nogales del patio de la casa.

¡Faltaba tan poco tiempo para la fecha de presentación!

Sus manos acariciaban el vestido de papel…

Se levantó más temprano que de costumbre para contemplarlo bajo los rayos luminosos de esa mañana.

Estaba triste y feliz a la vez. Triste porque era la última vez que lo veía. Le hubiera gustado conservarlo para soñar con él, para hablarle de sus sueños, de su visión de porvenir; pero debió despedirse con la última mirada puesta en el escote espejo y en la falda campana plato, que ondulaba desde el corsage.

Abrió un sobre grande de papel madera y lo introdujo cuidadosamente para no causarle el dolor de algún doblez hecho sin querer.

Dio vuelta la solapa del sobre y la pegó, presionando fuerte para lograr adherirla bien y de esta manera protegerlo para que llegara intacto a su destino.

Al caer la tarde se puso sus zapatillas, levantó su pelo negro ondulado con una cinta azul y salió feliz a dejar su último trabajo en la estafeta postal.

Al llegar tomo el sobre entre sus dos manos, lo acerco a su cara. Le dio un beso que traspaso la fibra del papel opaco rozando al inmaculado vestido de novia.

Lo depositó en el buzón.

Se quedó un momento contemplando el vientre metálico rojizo que se había tragado su obra maravillosa.

Se alejó lentamente. Su mirada brillaba dando de beber a la luna que ya se asomaba.

Pasaron varios días hasta que alguien le dijo: Hay una carta en la estafeta postal para vos, debes ir a retirarla pronto.

A la mañana siguiente se levantó muy temprano y salió rumbo a ese lugar; testigo de sus ilusiones.

Le entregaron un sobre grande y bien compacto. Era un diploma de corte y confección.

El vestido de papel volvía convertido en una valoración, un instrumento para seguir forjando un mejor mañana, un medio con el que a su grandeza de madre le sirvió para educar y alimentar a sus hijos.

EL CAMINO

Era invierno. Una brisa gélida atravesaba la puerta
entreabierta de la esquina sudeste del block de la Facultad de
Arquitectura y Urbanismo.

El hall rectangular, testigo silencioso, recinto impregnado
de historias compartidas, de sueños truncos, perseverancias y porque
no, desilusiones…

Las cátedras, con sus cofres donde guardaban celosamente
los resultados de cada examen; esos espacios donde a veces los
alumnos entraban cohibidos cuando buscaban despejar una
duda…

La escalera de hormigón armado, donde muchos la
convertían en un espacio social; mientras otros subían o bajaban de
prisa…

En cada lugar había alguien con una cuestión por resolver…

De pronto llego una joven de unosveintiséis años más o
menos y se dirigió hacia el sector izquierdo de la planta baja. Lucía
un sacón de paño rojo tomate y un pantalón oscuro. Sus cabellos

color azabache rozaban su hombro sobre el que pendía un gran bolso negro.

La acompañaba una niña pequeña, de unos tres años quizás.

Deseosa de retomar sus estudios, a los cuales había interrumpido por dedicarse a las responsabilidades de su hogar, se acercó a una alumna que pasaba cerca suyo para informarse sobre una materia que quería rendir; desde ese preciso día comenzó una amistad que trascendió en el tiempo, de una manera sincera y amena.

Después de unos años Mariela logro graduarse con excelentes calificaciones; pero había algo en su interior que la inquietaba; no se sentía plena, satisfecha, feliz...
En su niñez concurrió a distintas instituciones para aprender idiomas, danza, piano; pero eso tampoco llenaban su espíritu.

Su profesión la llevo por caminos impensados.

El diseño futurista de su tesis, de gran riqueza formal, para un grupo social determinado, contrastaba con las obras que dirigía; pero era precisamente ahí donde se sentía reconfortada, útil...

Los diálogos profundos y sinceros que entablaba, con los destinatarios de las viviendas   que inspeccionaba y con los empleados encargados de su ejecución, iban transformando su visión , llevándola hacia el costado sutil de la solidaridad , haciendo suya las angustias de esas humildes personas , que en gesto de grandeza y gratitud , a pesar de su escases económica, no dudaban en invitarle unos mates y pan casero. En ese mismo lugar comprendió el valor inmenso de un saludo, de la conciencia de la existencia del otro, de un beso dado con cariño; a tal punto que supo que su beso era el único que el anciano recibió en mucho tiempo.

El sol se asomaba proyectando la silueta oscura de los arboles sobre el suelo húmedo,a orillas de la costanera del Rio Salí, un sector muy vulnerable de su ciudad. Llego puntualmente a cumplir con su trabajo esa mañana, como tantas otras; pero algo sucedió y la hizo diferente para siempre.

Tendido sobre la calle de tierra, yacía un joven de apenas unos veinte años. Observo sus ojos desorbitados, casi inconsciente. Se le acerco despacio, a pesar de la desaprobación de sus compañeros de trabajo. No podía ni quería ignorar lo que sus ojos veían.Le pregunto: ¿Por qué haces esto? En medio de su confusión le respondió: ustedes viven corriendo y no saben dónde van", "el mundo donde viven no me gusta".Esa respuesta le dejo grandes interrogantes: ¿haciadónde ir?, ¿Por qué?, ¿para qué?, ¿Cómo?

Cada día que pasaba, Mariela se planteaba si debía continuar o no con su profesión de arquitecta.En medio de esas dudas,volvía a ser aquella niña solitaria, quese subía a la terraza y permanecía largo tiempo hablándole a las estrellas, sin que su madre lo supiera.Sentía que debía hacer una elección que no le significara una perdida, que la hiciera feliz.

Cuando menos lo esperaba, apareció una persona muy importante en su vida, quien supo verla desde una perspectiva diferente, valorando sus potencialidades y apoyándola en su búsqueda.

Una vez alguien le dijo: "cuando no sepas que hacer en grande, recuerda lo que te gustaba hacer cuando eras niña".

Al instante vino a su memoria aquellos días en su casa de Rosario de la Frontera, cuando invitaba a sus amiguitas a jugar. Era ella quien dirigía los juegos, manejaba los tiempos para cada uno. Le gustaba ser meticulosa, ordenada,responsable. Todo debía hacerse de acuerdo a lo previsto el día anterior.Recordótambién cuando concurría a la escuela primaria; siempre borraba la marca de sus lápices para que sus compañeritos no la trataran diferente. Quería estar en igualdad con los demás niños.

Fue así vislumbrando de a poco otros horizontes.

Durante uno de esos largos viajes a distintos países de Latinoamérica, visito una escuelita de alta montaña en Guayaquil.En este desolado paraje recibió una de las más grandes enseñanzas de solidaridad.

Al llegar, un niño tomo su mano y no la soltó hasta que debió marcharse; era pequeño,tal vez iba a tercer grado.Sus ojos color café no salían de su asombro por tan bello recibimiento que prepararon sus maestros.Su piel cobriza contrastaba con su delantal blanco como la nieve.

Repentinamente el niño le pidió que le regalara el logo que tenía prendido en su solapa izquierda.Ella le dijo que era el único que poseía;entonces él le respondió: "no importa, todos lo usaremos. Cada uno lo llevara a su casa, al día siguiente lotraerá y lo podrá llevar otro compañero.

Ese logo que quedo en medio de las montañas de Guayaquil como un símbolo de la solidaridad, como una señal para continuar una gran obra, era el logo de la Bandera de la Paz.

Entre tantos recuerdos y una gran decisión esperándola,continuaba sus actividades cotidianas.

Desde su fundación, entendió que los grandes cambios solo son posibles desde otro ámbito.

Cada tanto, tenia sueños a los que les atribuía señales, respuestas a sus tantos interrogantes.

Una mañana se despertó con una sensación placentera y feliz.Se veía ante una gran mesa cubierta de un terciopelo bordeau, con un micrófono en su mano derecha. Delante de la misma se extendía una gran alfombra roja. Todo esto la hacía pensar y pensar.

En un viaje a Perú, precisamente Lima, llego a un convento. En este lugar descubrió una imagen que siempre la había acompañado en su niñez durante sus largos periodos de enfermedad. Entonces supo que esa imagen,era el Patrono de la Justicia Social e Internacional de la paz. De nuevo sintió que era una respuesta esperada.

Por su labor solidaria recibió una distinción como embajadora de la paz.

El dinamismo y el entusiasmo fueron sus compañeros inseparables con los que abordo los diversos desafíos.

La fortaleza de su nueva etapa, contrastaba con la fragilidad de su niñez,cuando su asma no la dejaba disfrutar plenamente. Quizás fueron esas circunstancias que forjaron en ella una persona con una gran paciencia y por sobre todo aprendió a escuchar.

Por fin Mariela supo que había encontrado el espacio donde podía desarrollar y plasmar en obras todos sus sueños que colmaron sus noches profundas. Su vida encontró un nuevo camino para transitar, teniendo el apoyo incondicional de sus hijos y muchas personas maravillosas que encontró en su camino.

Cada mañana al despertar, dirige su mirada a un pequeño cuadro que encierra un dibujo de su jardín de infantes. Ella está en un escenario hablándole a mucha gente sentada en sillas. Los colores de las telas que lo cubren son los colores que abraza desde que descubrió que hacer con su profesión de arquitecta.

Soraya Gómez

Biografía:

Claudia Soraya Gómez

Nací en la ciudad de Santa Rosa, Provincia de La Pampa, Argentina, donde resido en la actualidad. Me dedico a la administración privada en un estudio contable. Desde mi adolescencia sentí una gran atracción por la poesía, esa fantástica y maravillosa expresión que nace desde el alma, para morir frugalmente en las letras y revivir ante la lectura de quienes logran apreciarla. Aún ante mi exigua experiencia en la poesía e integrando la Antología de cuentos y poesías "Sueños & Secretos", en el año 2.014, junto a reconocidos autores hispanoamericanos, sostengo una determinada inclinación personal de mis escritos que se acentúan más a un perfil social que a lo romántico y pasional, es mi intención llegar al común objetivo con el poeta, que a través de sus sentimientos y emociones interactúa con su espíritu y motivación para llegar al objetivo: captar el interés del lector por sus letras.

LOS DESIGNIOS DEL DESTINO

La vida de Diana no había resultado fácil. Ante la ausencia física de su madre, fallecida por un cáncer uterino pocos meses después del nacimiento de la niña, fue criada por su progenitor, hombre solitario y estricto, vendedor de seguros, quien luego de enviudar jamás volvió a entablar una relación de pareja y dedicó completamente su vida a la pequeña Diana, brindándole todo su gran amor y cumpliendo el rol de padre y madre para su única hija. Así, la niña creció y vivió su infancia, sin lujos, pero con el gran cariño paterno.

Fue durante los años jóvenes de Diana que su vida dio un rotundo giro cuando, con Ezequiel, compañero de curso, hijo de un reconocido médico y proveniente de una prestigiosa familia, comenzó a mantener un noviazgo secreto. Ambos pretendían un futuro con grandes expectativas. Él, continuar los pasos de su padre y convertirse en médico cirujano. Ella, muchacha humilde, responsable, de gran corazón y fiel amante de la cocina, prefería inclinarse por la gastronomía.

Transcurrieron los meses y Ezequiel debió partir hacia la gran ciudad para iniciar sus estudios universitarios, por lo tanto la relación se mantendría a través de la distancia, pero siempre en secreto de los padres del muchacho. Mientras tanto Diana estudiaría en la misma pequeña ciudad donde residía. Fue entonces cuando ella se percató de que algo sucedería, un test de embarazo modificó totalmente el panorama de la situación. ¿Qué hacer? ¿Cómo decírselo a su padre? ¡No hubo opción! tuvo que tomar cartas en el asunto e informarle a su progenitor, desencadenando en él tal terrible dolor, ¡tanta furia! ¿Cómo pudieron ser tan irresponsables? Inmediatamente cargando su impotencia y su ira fue a visitar a los padres de Ezequiel, con quienes mantuvo una acalorada discusión, ya que no aceptaban que la irresponsabilidad de la muchacha destrozara el futuro de su brillante hijo… ¡No! ¡No lo harían! Ella, seguramente, viendo un futuro prometedor en su primogénito, lo hizo adrede. Amenazaron al padre de Diana con demandarlo si desprestigiaba el buen nombre de la familia y el hombre, sin dar más vueltas al tema decidió alejar a su hija de esa prepotente familia, pero sin desentenderse del inminente problema. Era su única hija, su tesoro, no la dejaría sola, pese a la magnitud de su frustración, él la adoraba...

Las ilusiones de Diana se desmoronaban, la salud de su padre se veía deteriorada poco a poco ante continuas depresiones que lo desbastaban y con la responsabilidad de tomar una inmediata determinación, finalmente decidió continuar en soledad con el embarazo y no darle a conocer al muchacho sobre su situación, no querría destruir su futuro. Ella sola, en silencio, cuidaría de sí misma y de su padre, quien decaía cada vez más en un abismo depresivo, hasta encontrarse impedido para continuar trabajando, razón por la cual Diana decidió buscar un empleo, pero le resultaba imposible dada su condición, nadie le daría trabajo estando embarazada. Se dedicó entonces, por su cuenta, a la elaboración de comidas caseras para la venta, era lo que más le agradaba y sabía hacerlo muy bien. Su padre iba en decadencia absoluta hasta que finalmente, estando Diana con siete meses de embarazo, su pozo depresivo lo llevó a la muerte...dejándola prácticamente sola en el mundo. Sólo Edith, su vecina viuda, cuyos hijos eran mayores y habían partido para formar sus respectivas familias, era quien la ayudaba y en quien podía confiar. Intentando continuar ante la magnitud de la situación que vivía, continuó con su trabajo que le ayudaba a subsistir, hasta que al fin llegó el momento que daría nuevamente luz a su vida después de tanto sufrimiento: el nacimiento de su pequeña, a quien dio el nombre de Melisa.

Luego del parto, con su pequeña joya en brazos y sus jóvenes veinte años, se propuso dedicarse a su niña y salir adelante. La doctora que atendiera su embarazo, conociendo la triste historia de Diana, sentía un gran afecto por la muchacha, admirando su entereza para enfrentar la vida e intentó ayudarla... y realmente lo hizo al recomendarla para trabajar en el restaurante de su hermano, en el centro de la ciudad, un lugar de elevado nivel social que le abriría puertas para lo que a Diana le fascinaba tanto hacer: cocinar. Así fue reacomodando su vida, viviendo en la vieja casa de su padre junto a su pequeña que tantas fuerzas le daba, trabajando en el restaurante mientras Melisa estaba al cuidado de Edith, su abuela postiza, quien resultaba ser también un gran apoyo espiritual.

Así pasó el tiempo, alguno que otro joven se acercaba a ella pero a Diana no le interesaba un hombre por el momento, no quería que alguien interrumpiera ese lazo irrompible entre ella y su hija, sólo deseaba ver crecer día a día a Melisa, ya cuando la niña fuera lo suficientemente mayor para valerse por sí misma, tendría tiempo para dedicarse a su propia vida.

El tiempo pasó, Melisa se convirtió en una feliz adolescente, fresca y rozagante muchachita llena de amor, con alguna que otra rebeldía propia de la edad, pero una excelente compañía para esa solitaria madre a quien la niña amaba tanto y orgullosa la defendía de cualquiera que intentara juzgarla por ser madre soltera, valoraba todo el sacrificio que su madre había hecho por ella. ¡Y tan pronto Melisa cumpliría quince años! La fiesta era su mayor ilusión, ¡tanto tiempo organizando! todo estaba casi listo, sólo debían viajar a la gran ciudad a adquirir el vestido de sus sueños, donde los precios eran más accesibles y la variedad era inmensa. Hacia allí iban las dos, contentas, ansiosas por encontrar el modelo de color rosado que a Melisa tanto le gustaba y había visto en internet, lo tenía tan claramente grabado en su mente que hasta parecía verlo.

Nadie sabe exactamente como sucedió, era de noche, lloviznaba y el micro casi completo de pasajeros perdió el control, el asfalto resbaladizo debió haber causado tal desenlace ya que el conductor, por intentar eludir el impacto contra un enorme camión que venía en el sentido contrario, realizó una brusca maniobra provocando el descontrol del vehículo que conducía y que culminó en un vuelco atroz sobre la asfaltada húmeda, arrastrándolo unos cuantos metros. ¡El golpe fue tremendo! ¡El chasquido de metal destruyéndose contra el asfalto era aberrante! Y todo sucedió muy rápido... No hubo víctimas fatales pero sí gravemente heridas... entre los que se encontraba la pobre Melisa. ¡Su cabeza dio de lleno contra un costado con tanta fuerza…! Y así, en lo que parecía un sueño muy profundo, junto a otras personas, la joven fue trasladada con urgencia al hospital de la ciudad, mientras su madre, en un estado de shock no lograba recomponerse. Las horas pasaban y Diana parecía salir de su trance, pero era tal su desesperación entre gritos de angustia al conocer la situación caótica de su niña, que estremecía el alma de las enfermeras, médicos y demás personas en el hospital y debieron aplicarle sedantes para tranquilizarla.... ¡Era terrible el panorama! ¡Ver a esa madre sufrir de esa manera era desgarrador… ¡Su único motivo para vivir se le escabullía como agua de entre los dedos...! Los médicos corrían de aquí para allá intentando salvar la vida de Melisa, parecía que no iba a resistir, fue intervenida quirúrgicamente de urgencia. Uno de los mejores neurocirujanos de la zona fue el que realizó tan delicada operación... y también su salvador, la mano Divina de Dios intervino quizás, o su juventud, su fuerza y sus deseos de vivir... Al fin Melisa fue rescatada de un trágico final.

¡Diana agradeció tanto al Cielo! Apenas lo supo corrió desesperada para estar junto a Melisa, pero sólo pudo verla a través de los vidrios de una puerta de la sala de terapia intensiva. Debía esperar que despierte, en unas horas podría volver a sentir sus manitas tibias, sólo debía tener paciencia, estaba delicada pero fuera de peligro, la operación había sido un éxito y la vida de Melisa ya no estaba en riesgo y eso era lo que más le importaba!

Fue entonces, mientras observaba a través del cristal a su adorada Melisa y las lágrimas corrían por sus mejillas, cuando él, con la pequeña etiqueta identificando su nombre y especialidad de médico neurocirujano en su delantal celeste, tocó su hombro con dulzura. Sus ojos se encontraron, luego de tantos años nunca lo había olvidado, él tampoco a ella... Ya había averiguado en urgencias sobre los datos de Diana y de Melisa, "no te preocupes, ella estará bien, logramos salvarla", fueron las palabras de Ezequiel, entonces se abrazaron fuertemente mientras ella lloraba como la niña de dieciocho años que fue un día. Él se había casado pero su matrimonio fue breve y enseguida se divorció, no funcionó... "¿Tomamos un café en la sala de espera? Hay mucho que conversar", fue lo siguiente que le dijo, mientras ambos observaban con ternura a su bella durmiente a través del cristal… y realmente había mucho de qué hablar, era la hora de la verdad... Al fin Diana cumpliría su sueño de juventud, ¡Al fin Dios la había compensado luego de tanto dolor en su vida! Una desgracia que había culminado en un maravilloso milagro. Son los designios del destino.

DESTELLOS DE LA CODICIA

Isabel vivía para su hogar, una hermosa familia que integraba junto a su adorable esposo y sus tres hijos, dos varones y una niña. José era el sostén económico del mismo, mientras Isabel en su rol de ama de casa, se encargaba de todos los quehaceres y del dinero que religiosamente su marido le entregaba cada quincena para una mejor administración de los gastos, dado que era ella organizada en cada detalle. La casa siempre estaba limpia, todos se alimentaban sanamente con sus deliciosas comidas, sus hijos jamás asistían al colegio con sus tareas incompletas y siempre impecables sus atuendos. Prolijamente cuidaba cada detalle para que nada falte a ninguno de los miembros de su bien constituida familia. José, hombre honesto y cordial, empleado en una fábrica metalúrgica, Benjamín de once años y tranquila personalidad, Abigail, de nueve años, su dulce y adorable princesa y el travieso Franco, de seis años, quien recién comenzaba el primer grado escolar. Una relación matrimonial armoniosa, perfecta a los ojos de quienes los conocían.

Una mañana como tantas, luego que el transporte escolar recogiera a los niños y su esposo partiera hacia la fábrica, fue a retirar la correspondencia del buzón, y entonces la encontró... No era como las otras, no tenía remitente, sólo su nombre y apellido. Con cierto recelo la abrió, leyó su breve contenido y en un instante su semblante cambió de color, sus piernas temblaban y tuvo que apoyarse en la tapia para no caer. ¡Nunca lo hubiera imaginado! ¿Quién le había dejado esa carta? ¿Era un favor que le hacían o era una broma de muy mal gusto? Mientras miles de cosas venían a su mente perturbada, sentía que se sofocaba, un fuerte dolor en el pecho... ¡Su esposo le era infiel! José, un hombre tan adorable que parecía vivir sólo por ella y sus hijos… ¿Por qué? Comenzó a culparse ¿acaso ella le había fallado en algo? Mientras lloraba desconsoladamente en la vereda de su casa, desesperada, confundida, algunos vecinos la observaban atónitos, pues siempre la veían contenta, Lidia, su vecina aledaña y amiga, se acercó inmediatamente apenas la vio en ese estado y fue hacia ella. Pero antes de que la mujer llegara a su lado, Isabel se desmoronó en el piso, inconsciente, entonces todos corrieron en su ayuda, llamaron a emergencias, estaba desvanecida, no reaccionaba... su respiración era dificultosa.

Llegó la ambulancia e inmediatamente la trasladaron al hospital, mientras tanto Lidia le había encomendado a su hija Sofía, de dieciocho años, que cierre la casa de Isabel e intente localizar a José, ya que ella la acompañaría en la ambulancia. Allí intentaron reanimarla, pero no hubo respuestas en la reacción de Isabel, ¡era un infarto lo que había padecido! Mientras tanto Sofía ya se había comunicado telefónicamente con José, explicándole lo sucedido, a lo cual desesperadamente salió rumbo al hospital donde llevaban a su esposa. Fue luego de eso que Sofía se dirigió a la casa de sus vecinos para cerrar la puerta, cuando en el césped del jardín de la misma encontró la carta que había caído de las manos de Isabel cuando ésta se desvaneció. La tomó, la leyó y… ¡fue grande su sorpresa! ¡No podía creerlo…! Guardó la carta, confundida. Por otro lado, ya en el hospital, los médicos lograron reanimar a Isabel, hacía tiempo que debía hacerse estudios cardiológicos, a lo que hizo caso omiso no creyéndolo importante.

Allí había llegado José, encontrándose con Lidia en la sala de espera del hospital, quien intentó calmarlo. En ese instante el médico fue a su encuentro comunicándoles que habían logrado recuperar a Isabel y encomendándoles que la dejen descansar, pues debía estar tranquila. Isabel fue recuperándose tras varios días de internación y múltiples estudios médicos. Debía cuidarse, sobretodo evitar disgustos, hasta que finalmente le dieron de alta médica, tras lo cual José la llevó a su hogar nuevamente. Los niños habían estado al cuidado de sus abuelos paternos durante los días en que Isabel estuvo internada.

Todo era silencio en el auto que con tanto esfuerzo habían logrado comprar hacía unos meses, y en el que tantas tardes habían disfrutado paseos en familia, pero… ahora no había alegría, sólo silencio. José la contemplaba de a ratos intentando entender que sucedía, atribuía la angustia de Isabel por el mal trance vivido, pero no… ella nada respondía cuando él le preguntaba que sucedía, todos estos días había estado sumida en un extraño mutismo.

Así llegaron a su hogar, luego los padres de José traerían a los niños. Descendieron del auto y allí estaba Sofía, la hija de Lidia, cabizbaja, esperándolos. José le preguntó qué le sucedía, entonces ella, silenciosamente, le entregó la carta que había encontrado días antes, mientras tanto Isabel observaba callada pero con un profundo dolor en su mirada. Él leyó la carta: "José, tu esposo, es el mío durante las tardes antes de regresar a tu casa, espero un hijo suyo, es hora que lo liberes, ya no te pertenece.", quedó perplejo "¿De dónde sacaste esto? ¿Quién te lo dio?" le preguntó a Sofía nerviosamente, a lo que ella respondió que lo encontró en el jardín de la casa el día que Isabel se desvaneció, "¡no puede ser!" dijo él, "¡esto no es verdad!", miró a su esposa, ella lloraba desconsoladamente ahora, él la abrazó y le dijo que era una calumnia, alguien querría hacerles daño, juraba que jamás le había sido infiel. Sofía, con lágrimas de tristeza... o quizás de vergüenza, los miró y murmuró: "La carta la escribió mi mamá...y se la dejó a Isabel sin pensar en las consecuencias, ya lo confirmé, se lo pregunté porque reconocí la letra, lo siento mucho..." y se marchó, dejando atónito al matrimonio.

La armonía de esa hermosa familia había logrado envenenar el alma de su vecina y supuesta amiga, a tal punto que no podía permitir que ella, mujer divorciada a causa de la infidelidad de su esposo, viviera en su soledad atormentada por la felicidad ajena. La envidia traicionó la amistad, desencadenando lo que pudo ser una terrible tragedia.

Valentina Landa

Biografía:

María Valentina Landa

Vivo en Capital San Juan, tierra del Maestro de América, Argentina

Soy Docente- Psicopedagoga- Artesana- Artes Plásticas.
Trabajo en un colegio con niños pequeños, escribo desde niña, es mi manera de trasmitir lo que mi alma siente.

Encuentro en mis poemas la mejor manera de vivenciar la vida

Participo en varios grupos literarios con los cuales interactúo.

Participé de varios concursos literarios:

RPB A la Madre Tierra con mi poema El Mar.

RPB Los Niños de Hambre con mi poema Cara Sucia.

En la Antología Poética El Eco de las Musas con tres poemas

RPB Una Rosa para Mamá con dos poemas Heroína (segundo premio) y Mi Madre

Certamen de Poesía Social de Entre Vuelos y Versos- Poema Mi Salvación –Semillas de Paz

Certamen de poesía por la No Violencia de Género-Libertad en Éxtasis.

Mis poesías participaron en varios programas radiales locales del país y del exterior

CLARISA

Tímidos rayos de luz se cuelan por las hendijas de la vieja ventana castigada por el tiempo, la habitación tiene una rara luminosidad casi misteriosa, desde un rincón observo a Clarisa, que no repara en mi, solo ella y su mundo existen.

La miro detenerse frente al espejo, por mucho tiempo, más que lo que acostumbra en su alocada carrera de las mañanas.

Lo sé por que por largas horas he observado con cuidado las variaciones sutiles de sus rutinas.

Su figura casi desnuda se refleja en el espejo, que devuelve una imagen etérea
de bella hermosura, sus cabellos negros destacan sobre su piel blanca y enmarcan un rostro muy dulce.

Especialmente hoy la elección de su ropa es muy lenta como si no estuviese segura de que vestir, saca prenda tras prenda que luego arroja al sillón con desgano, busca y busca hasta que su cara se ilumina… este! Exclama para si misma.

Cuando esta lista su sonrisa parece de papel...donde dibuja

misterios y dudas indescifrables para mi, intenta disimular algo que no es capaz de confesar, esconde algo en su corazón infinitamente profundo.

Me mira por fin y con un mohín travieso me guiña el ojo y sale.

Hace frío, el viento asota los árboles helados, la calle la espera, con pasos apresurados y cortos transita las cuadras que la separan de la estación.

En el andén le llama la atención a la gente, tanta calidez entre tanto frío, irradia algo inexplicable que atrapa las miradas antes indiferentes.

Sus ojos escudriñan , se cierran y se abren soñando y esperando solo ella sabe que…

El rumor lejano crece… la vieja estación se llena de sonidos, voces, risas y ansiedad

Y sentimientos que afloran y estallan…

Clarisa…solo atina a sacar un pañuelo, con el que seca algunas lágrimas traviesas…

Y también agitándolo saluda al tren que ya lentamente se va deteniendo… impaciente se acerca a las ventanillas y las recorre… sus frustración crece su cara caa las ventanillas y las recorre… su frustración crece su cara cambia… tristeza, miedo, fracaso todo está en ella… pareciera que la vida o la muerte dependen de ese tren… instantes que le parecen siglos… hasta que la alegría más grandiosa estalla en su cara, es que de ese tren y entre la gente baja su vida… una voz tan dulce como sus ojos… _grita_ mamá!! Corre hacia ella y con besos caramelos completa su dicha tan deseada…

Una mujer vestida con ropaje árabe con gesto adusto le entrega las maletas de la niña y sin decir palabra se va...

Luego de años de tener roto el corazón por fin puede juntar sus pedazos al ver de nuevo a su niña perdida... desde ahora ya la vida será vida ... el amor de madre será entregado sin ser coartado...

LA ENVIDIA DE LOS ÁNGELES

Cuentan los que saben historias del cielo, que los ángeles fueron creados por Dios en un momento en que estaba muy alegre y es por eso que los creo con tantas virtudes… los hizo perfectos, buenos cariñosos, alegres, amables y obedientes… de una belleza no solo física sino más bien espiritual, muy inteligentes y despiertos para solucionar todos los problemas del universo.

Los dividió en grupos y les encontró diversas a tareas, algunos quedarían en el cielo para cuidarlo y mantenerlo ordenado, otros cuidarían a las personas que llegaban al cielo buscando el paraíso y otro grupo a las personas que vivían en la tierra , dándole a cada una de ellas un ángel que seria su compañero de viaje por la vida.

A los últimos les encomendó algo muy especial, les dijo que debían cuidar el tesoro más grande que había regalado Dios a los hombres; en este grupo los ángeles se miraron sorprendidos sin entender cual era el tesoro al que se refería Dios… todos lo miraron intrigados, Dios esbozó una gran sonrisa y les dijo el tesoro que deben cuidar desde hoy y para siempre es el amor. Los ángeles se miraron con complicidad pensando a sus adentros ¡Qué bueno! ¡Qué fácil! ¡Sí en el mundo sólo hay amor! Y es así que muy confiados se desparramaron por la tierra buscando su tarea, al grandioso amor para cuidarlo.

No les fue fácil encontrarlo demoraron más de lo que creían, se confundían muchas veces con pistas falsas de sentimientos parecidos al amor pero que no lo eran. Por fin uno de ellos encontró un gran amor el de una madre por su hijo, otro lo encontró en un pequeño por su abuela, otro entre dos amigos; así ángel por ángel encontraron el amor en algún lugar y entre diferentes personas.

Había entre los buscadores del amor un pequeño ángel, regordete el más tierno y humilde ante los ojos del Señor, desanimado y triste porque no encontraba ningún amor que cuidar. Cansado ya de tanto andar se sentó en una plaza… cerró los ojos y casi adormecido escucho las más tiernas palabras dichas jamás; el corazón dio un brinco en su pecho, por fin había encontrado un amor a proteger y era un amor bello y mágico el más raro de todos los amores, el que habita en un hombre y una mujer.

El ángel se sintió orgulloso, radiante maravillado de su hallazgo, sin saber que su tarea sería las más difícil ya que el amor que había encontrado para cuidar era sí hermoso, pero también el más esquivo, el más incomprensible y merecedor de ser cuidado.

Si estás enamorado sin importar condición ni edad, si tu amor es sincero, tranquilo, hay un tierno ángel cuidando tu tesoro… un tesoro que es la envidia de todos los demás ángeles.

TOMASANA

Amanece…

Arropada en mi soñolencia, casi sin abrir los ojos asomo al día.

Simple y llana melodía del recuerdo, asalta mi presente entre mis ocupaciones.

El olor a tostadas que viene de la cocina, atrapa a mis sentidos.

Una voz por demás querida me llama, despertando en mí una sonrisa

cómplice, así como estoy con mi camiseta gastada, que pasó a ser pijama, descalza y sin importar mi apariencia, corro siguiendo tan dulce sonido…

Todo es luz y el arco iris de colores que se tiende sobre la mesa parece un cuadro del mejor pintor.

La taza humeante de chocolate, dibuja formas caprichosas en el aire, solo al verla me reconforta, las tostadas con manteca decoradas sabiamente con mermeladas de colores rojas, ámbar, sepias, son manjar de dioses, todo esta perfecto, el mantel con margaritas, la primera rosa de la mañana, puesta muy cerca en un vaso con agua, la servilleta con mi nombre, la cuchara y sobre ella tres caramelos de dulce de leche y para mi mayor deleite de mi alma ese conejito de porcelana que dice te quiero.

En mi cara ausente y preocupada, de repente se dibuja una sonrisa

Mi mirada se embeleza con otra mirada, iluminada por sus ojos celestes que energizan todo el ambiente, esa mirada que es calma de muchas tempestades mar y cielo, pradera y montaña, compartimos sonrisas igual que compartimos amor, con un gesto lo dice todo y con un gesto le digo todo, sabemos que este es nuestro momento en el día.

Con avidez tomo sorbos de tan delicioso néctar mientras unas manos, vestidas de tiempo trenzan mi pelo rebelde, y no es peinarme lo que hacen esas manos es acariciarme con amor infinito, parecen alas sobre mi cabeza, alas de hada.

Sus brazos me envuelven abrazándome mansamente, no dice más, el olor de su pelo de mezcla en el aire, con los aromas de su cocina, aromas de Italia, incansable, vivaz, llena de experiencia, la vida arrolla a cada paso, su delantal seca sus manos, su pañuelo protege su cabello gris, paso cortito, flores en su blusa, y nostalgia de mar en su corazón…

Su voz entona una alegre canción napolitana, que habla de mozos y mozas enamorados
su alegría cotidiana se inyecta en mi sangre… Y mientras escucho esta canzoneta de su tierra, que dice mas de lo que expresa, "me levanto y con un beso de chocolate le digo abuela … hoy será un buen día!! Gracias!!

y ella con risa sabia dice… lo dudabas? Dios está aquí!! La miro y pienso si indudablemente…

Gladys Viviana Landaburo

Soy escritora, poeta y editora fundadora de sellos:"Del alma editores" y de " Eco Editorial Argentina".

Hace años que participo compartiendo mis letras en foros internacionales de literatura (vìa internet) :MUNDOPOESIA, SOY POETA, SOY POESÍA, entre otros (junto a poetas de todas partes del mundo) .

El 1º de mayo de 2012, nació en www.facebook. com, el foro "VERSOS COMPARTIDOS", creado por la poeta uruguaya Sandra Blanco, y tuve el privilegio, de ser convocada junto a la poeta puertoriqueña "Glendalis Lugo ", para compartir la administración de dicho foro. Desde esta página, he participado en la coordinación de la antología poética: " VERSOS COMPARTIDOS VEINTE POETAS UNA PASIÓN" (integrada por autores hispanoamericanos), presentada el 9 de mayo de 2013, en la Sala Mario Benedetti de A.G.A.D.U (Asociación General de Autores del Uruguay), también fue presentada en en el país hermano de Chile y otros

Durante año 2012 y parte de 2013, he colaborado en la radio on line: **www.almaenradio.com**, haciendo la producción del programa de poemas "SUSURROS DEL ALMA",(junto a poetas de habla hispana de todas partes del mundo),el cual es realizado y conducido por Sergio Sánchez, desde la ciudad de La Plata Buenos Aires Argentina.

En junio de 2012 creamos en facebook el grupo SUSURROS DEL ALMA: para compartir nuestra obra junto a poetas de habla hispana de todas partes del mundo.

En febrero de 2013, participé en:

_XIV Certamen Internacional

POESÍA Y CUENTO 2013 Auspiciado por SADE (SOCIEDAD ARGENTINA DE ESCRITORES), quedando como finalista y siendo seleccionada para integrar la ANTOLOGÍA: LETRAS VIVAS 2013.

Mi obra ha sido leída en radios de Argentina, desde Radio Nacional y otras AM, FM, RADIOS ON LINE DE POESÍA, como así también de otras partes del mundo.

-En 2013, fue publicado mi 1° libro "Desde mi esencia", prologado por el escritor José Lorenzo Medina, y llevando en la contraportada, generosas palabras del honorable Embajador Dr Ricardo Meneses Pilonieta.

Otras antologías literarias editadas:

- Alma y Corazón en Letras 2013
-En El Sendero De Las Letras 2013

- El Eco de las Musas 2014,

-Las Cortesanas de la Poesía: Entre la cocina los libros y la alcoba 2014.

-Soy permanentemente invitada a participar en encuentros internacionales de poetas, como así también a festivales realizados desde el Comité Internacional de Poesía u otros.

Durante parte de 2014

-En enero de 2014, he sido invitada para participar como expositora -dentro de los eventos culturales realizados por Secretaría de Cultura, durante los días del Festival Nacional de Folklore-, en el espacio literario "Diálogo con Poetas", en la Escuela Superior de Arte Emilio Caraffa

-Realicé la producción y conducción del programa de radio El Eco de las Musas, que se emitía por Radio Portal de Punilla FM 103.5 y también on line:**www.portaldepunilla.com.ar**

Soy también administradora de los grupos poéticos de Facebook: "En el Sendero de las letras", "El Eco de las Musas".

-Actualmente estoy terminando la edición de mi libro "Huellas", y avanzando en 1º novela.

LA ESPERA

Un día más de lluvia…, con las agujas del reloj sepultando los segundos de un día más, transformándose en un día menos.

María saborea el último sorbo de café, y se dispone a salir en busca de una oportunidad laboral _tiene formación superior en ciencias económicas_, que la promueva socialmente, ya que durante los últimos años _por problemas de salud de su madre_, ella y su familia fueron quedando en la ruina, y luego de conocer todo tipo de privaciones y traiciones, tocó fondo, como para ya no seguir descendiendo, sino que el ver la vida desde lo hondo, le dio el coraje necesario, para impulsarse y apostarse entera al todo o nada.

María a pesar de todo, no perdía ocasión, para mostrarse con una simpatía arrolladora, y dado su estado financiero, esta era su carta más fuerte. Al pasar por el quiosco de diarios y revistas, saludó a José _diariero del barrio_; se detuvo, y sonriendo le pidió le permitiera ver los anuncios pedidos, de avisos de personal para empresas u otros, José directamente, le dejó llevarse el diario, para verlos tranquila, entonces, regresó a su domicilio, y parecía que podría ser su día, cuando vio un aviso que ocupaba media página, este era banco "NEWCITY", solicitando secretaria ejecutiva. Ella... si bien sabía que estaba calificada para más, también, que si lograba abrir esa puerta, su simpatía haría el resto.

No demoró en salir en busca de ese empleo, que estaba a 10 cuadras de su domicilio. Al llegar vio una cola de postulantes que pasaban las dos cuadras, no obstante, no se desesperanzó, al oir por un alta voz, que no sabían, cuanto demorarían en reanudar las entrevistas, debido a un infortunio de carácter personal, que había impedido el normal desarrollo de esta, por lo cual, los dejaban en libertad de quedarse, o regresar al día siguiente. No tardaron en desconcentrarse todos los postulantes..., pero ella permaneció ahí _una fuerte intuición, le decía que se quedara esperando_, cuando de pronto, paró un vehículo negro con vidrios polarizados, y descendió un hombre de unos apenas pasados 40 años, alto, entrecano y profundos ojos azules. María fingió no verlo y tropezó con este, que era nada menos que el mismo Germán Philippes, gerente de recursos humanos del banco "NEWCITY", quien además se caracterizaba por ser un agudo observador y como tal le dijo:_Si deseas trabajar aquí, te diré..., que valoro tanto a los que se atreven sin dudar, que hasta el momento, podrías ser la postulante más firme, para el cargo de secretaria ejecutiva. La mirada de María desconcertada, inútilmente trató de ocultar su sorpresa, cuando haciéndose la desentendida, escuchó a Germán decir:_esta mañana, pasé varias veces, observando quienes buscaban este puesto. Miré en detalle, hasta la forma en que estaban parados. Vi como todos empezaban a desconcentrarse sin más paciencia, para retirarse luego y tal vez regresar mañana…, pero tú, sin importarte el tiempo que hubiera que estar, permaneciste aquí. Eso… muestra en ti, un carácter con el temple y firmeza, de los que están dispuestos a aguardar por lo que quieren, por eso, el puesto es tuyo. Tendrás 30 días para demostrarme que no me he equivocado contigo.

Los próximos días, fueron para María, un afianzarse en su cargo, y al cumplirse los 30 días de prueba, la requirieron desde recursos humanos, para informarle, que había superado ampliamente las expectativas, y que debido a su vocación de servicio e idoneidad, habiendo aparecido una vacante, dentro del sector de finanzas y economía, pensaron en ella para cubrir ese cargo. María feliz aceptó, y su vida empezó a cosechar los frutos de años de espera.

LA HERENCIA

Transcurrían los últimos días del año, más precisamente, había empezado ya el mes de diciembre, y así como todos los días amanece, también nace y muere gente…

Este día 1° de diciembre, la dama de la guadaña _nombre con el que también se menciona a la muerte_ visitó la casa de Don Sebastian Pérez, un anciano de 97 años, el cual no tenía esposa ni hijos, solo sus sobrinos Fabiola y Ernesto _eran hijos de una hermana suya, ya fallecida hacía más de una década_, a los que ya en vida, les había transferido su casa en propiedad, conservando su usufructo, para evitar todo tipo de trastornos y malos entendidos a posterior.

Si bien Fabiola y Ernesto, siempre respetaron a su tío en vida, ahora que ya no estaba, no veían nada de malo, en cremarlo inmediatamente, y proceder a donar sus ropas, para alguien que le fuera útil; y así lo hicieron…

Don Sebastian, tenía puesta una ropa muy sencilla _de esa que se suele decir de entrecasa_, estaba algo remendada, él le tenía mucho apego a esta ropa en particular, y por usarla siempre, estaba bastante gastada, por lo que sus sobrinos, decidieron, que aunque fuera para quemarse junto con él, sería lo mejor, el ponerle sus mejores ropas, y estos casi harapos, sacarlos para que los llevase el recolector de residuos.

Pasaron los días, y esa ropa desgastada en su bolsita, andaba junto a otras bolsas de residuos, en un inmenso basural adonde había cartones, papeles, diarios, vidrios y todo tipo de desechos…, hasta que el basural, vio llegar a tres jóvenes que estaban experimentando, nuevas técnicas de reciclaje y reutilización de materiales. Estos trataron de cargar todo lo que pudieron, entre esto, cargaron la bolsita con la ropa de Sebastian, la que en poco tiempo, pasaría a una planta de selección.

Como ya sabemos, era el mes de diciembre; los días pasaron… y con estos pasó Navidad, y en el diario y medios de noticias, informaban todo el tiempo, diciendo que: el "Premio Gordo de Navidad", había sido un entero, que se suponía vendido al mismo comprador. Mientras, en la planta de selección, Dorita _una joven que trabajaba para apenas cubrir su sustento_, escuchaba las noticias, y soñaba con todo lo que podría hacer, con los millones que habían ganado los beneficiarios de ese tremendo premio; de solo pensarlo, quedaba suspendida en ese soñar despierta…

Los canales de TV, no hablaban de casi más nada, que no fuera el estar pendientes y a la pesca del ganador del "GORDO". El teléfono sonó... una llamada equivocada, interrumpió su sueño, miró el reloj... y al ver que le quedaban 30 minutos para terminar su turno, manoteó una última bolsa... la abrió _eran los casi harapos de Don Sebastian_, metió su mano en uno de los bolsillos, percibió que eran papeles... y al sacarlos, vio que eran varios enteros de lotería, todos del mismo número. Estos eran de distintos años, pero el mismo número que había salido premiado..., al pasarlos cuidadosamente uno a uno, comprobó que ahí estaba también el entero millonario. Su vida cambiaría, porque alguien, le había dejado esa herencia: ¡¡¡Era la flamante ganadora, del Premio Gordo de Navidad!!

Alejandra Ruth Matutti

Me llamo Alejandra Matutti y quiero relatar un poco como los azares de la vida me trajeron hasta acá. Nací en el año de la serpiente con la virgen como estandarte, en la ciudad más bella del Cono Sur, Córdoba Capital. Soy principalmente ARTISTA con todas las letras, el arte es el motor de mi vida. Primero me dediqué a las artes plásticas y como apasionada lectora de los clásicos, empecé a escribir. Pero sólo cuando la inspiración me roza con la punta del ala, las palabras empiezan a brotar del fondo de mi alma como un torrente de sentimientos, como cuando se rompe el dique de la cotidianeidad y por fin salen libres. Ahora quisiera que estos versos se hagan canciones porque me apasiona la música, pero eso sólo el tiempo lo dirá. Algún observador crítico y sarcástico encontrará a mis versos ingenuos como los de una niña de 15 años. Tal vez tenga razón, porque todavía creo en el amor con esa inocencia y el desamor siempre me duele como el primero. Por suerte la vida no me decepcionó lo suficiente como para no creer en él y seguir esperándolo, para siempre. En la única parte de mí que quiero ser for ever young. A disfrutar cada día como si fuera el último. Hasta siempre.

LA PERIODISTA

Samantha Ryan nació un martes 13 de Octubre de 1964, en un pequeño pueblo del sur de California llamado Drawstorm. Sus padres, unos comerciantes de clase media (Vanessa y Frank Ryan) le inculcaron un fuerte interés y gran curiosidad por todo lo que pasaba a su alrededor.

A los 12 años repartía el diario local "El Ojo Avizor", y a los 15 años tenía un humilde puesto en el diario como periodista, pero su gran imaginación resultó un problema (o por lo menos, Bill Reyn, el dueño, creía que eran imaginaciones de la joven). No podía ser que este chico hubiera visto fantasmas, ángeles y duendes en la antigua casa de los Buckman, ni que esos extraños animalitos que decía haber visto existieran. Debido a esto, luego de un año fue despedida.

Un buen día, llegó a sus manos un diario amarillista. "En los límites de la ficción". Ese día supo lo que quería ser. A partir de ahí, su vida tomo un rumbo tan inesperado que ni ella ni los que lo rodeaban podían ni siquiera haberlo imaginado. A todo esto, las cosas se complicaron, su madre enfermó y el negocio empezó a no funcionar bien. Dos años después, murió su madre fruto de "esa" extraña enfermedad, la cual los médicos no pudieron descubrir. Su padre, destruido por esto, empezó a beber y luego de varias discusiones fuertes entre los dos, con golpes e insultos cada vez más subidos de tono, Samie armó un bolso y se fue del hogar, llena de rabia y con lágrimas presas en las pestañas, escaso dinero y muy poca idea de la vida. Partió sin rumbo definido, con un pasaje a cualquier parte y tras varios traqueteos del tren, su runrún monótono, que la adormecía y hacía ver imágenes confusas y violentas, despertando por momentos y volviéndose a dormitar, fue a parar a San Clemente. Se bajó en la estación ferroviaria y se cruzó a un bar cercano. Sin saber qué hacer con su vida, pidió al mozo un café. Jugando con la cucharita, sin decidirse a tomarlo, en la televisión empezaba el noticiero con unos alarmantes titulares:

¡Último momento!! ¡La unidad 1 de la planta de San Onofre fue clausurada por el gobierno porque no pasó el análisis CRAC-2!! ¡Más detalles con nuestros cronistas enviados al lugar de hecho!! Laura Donovan dialoga con uno de los profesores de Física de la Universidad: "La planta fue clausurada antes de tiempo debido a los costos de la adaptación sísmica requerida. Presenta serios defectos desde hace varios años. En 1980 el generador presenta varias abolladuras y fugas y la empresa Southern California Edison Co., reúne a 600 trabajadores para reparar 7000 fallas en los tubos de vapor radioactivo. Luego la multan por U$S 100000 por permitir que 66 trabajadores quedaran expuestos a niveles peligrosos de radiación. En 1981 se descubren 700 metros cúbicos de arena radioactiva contaminados con el agua que se filtró de la Unidad 1 del sistema de refrigeración. Estos reactores son del tipo PWR, se presurizan con agua.

Ahora con el protocolo de análisis CRAC-2 instaurado por el gobierno este año, resulta en la muerte de varios reactores, cuando no cumplen con los requisitos de seguridad necesarios. En esta zona tan cercana a la falla de San Andrés, no se tenía previsto que hubiera movimientos sísmicos de magnitud y la planta no fue preparada para ello…"

Completamente consternada por la noticia y angustiada por el rumbo que había tomado su vida, le preguntó al mozo si había un lugar adonde dormir por poco dinero (muy poco). Él, con una amable y ancha sonrisa, le dijo:

- Eres nueva, ¿no? Yo me llamo Ian. ¿Y tú?

– Disculpa, me llamo Samantha Ryan y recién llego al pueblo.

- Mi madre tiene una habitación disponible en su casa. En este pueblo no hay siquiera hoteles baratos. ¿De dónde eres?

- De Drawstorm, un pueblo rural a 100 millas de acá.

- ¿Y por qué estás acá?

Con una mirada poco amigable en sus ojos azules y un tono frío y lleno de rabia, respondió:

- Problemas familiares.

Su sonrisa se esfumó de su cara:

-Todos tenemos problemas. No es para que te pongas así. ¿Todavía quieres la habitación?

-Si, por supuesto. Disculpa, tuve un mal día. O mejor dicho, una mala vida.- dijo irónicamente y después de mucho tiempo volvió a sonreír.

-Así está mejor.

Hablando con su nuevo amigo y con su vida tomando otro rumbo, Samie pudo respirar con más calma y ver el horizonte un poco más claro.

Cuando salió de la cafetería, mirando las estrellas y profundamente conmovida por la grandiosidad de lo que lo rodeaba. Cada vez que miraba las estrellas los ojos se le llenaban de lágrimas. Empezó a nacer en ella un sentimiento difuso de ser de acá y otro lugar a la vez, más allá de las estrellas visibles, que hermanaba esa profunda pertenencia a dos mundos distantes.

Se dirigió a la casa de la madre de Ian, según las señas que ella le había dado, tarareando 'Thriller', ese tema tan en boga últimamente. Después del ritual de saludo entre dos desconocidos, Ingrid (de ascendencia alemana), le mostró su habitación. 'Nada mal', pensó, mirando con avidez los diversos detalles de la decoración y el mobiliario. Luego de llamarlo para la cena y disfrutar de esa comida casera que tanto le gustaba, Samie le preguntó si había en el diario local algún puesto de trabajo. Ella le preguntó a su vez si tenía experiencia. Sí, le dijo, trabajé en el diario de mi pueblo. Ella le contestó: 'El vecino es el dueño del diario'. Con los ojos iluminados por un súbito interés, le dio las gracias, que mañana iría a verlo. Luego se pusieron a hablar de temas diversos, entre ellos lo de la planta nuclear:

-Siempre me dio mala espina esa clase de cosas.- dijo Samie - uno nunca sabe al peligro que está expuesto, hasta que se sale de control.-

Asintiendo con la cabeza y totalmente convencidos de ello, prosiguió:

- Si lo mismo que construyó las bombas atómicas se pretende que se pueda controlar como si fuera inofensivo y encima el gobierno lo vende por bueno, ponen en riesgo a toda la humanidad. Todo por un puñado de billetes. Para ellos no somos más que un número.-

- ¿Quiénes "ellos"?- preguntó Ian, recién llegado del bar y sumándose a la conversación.

-Los empresarios y el gobierno. Muchos que no conocemos y ni siquiera vemos pero que en realidad gobiernan el mundo. Manejan en secreto los hilos de nuestra existencia.-

Unas caras de asombro generalizado, acompañado con afirmaciones de cabeza, le daban a Samie más confianza en sí misma y empezó a verter sus opiniones con más brío. Pero Ian interrumpió intempestivamente:

- ¿Cómo sabes todo eso?-

- Como periodista he realizado investigaciones y he encontrado cosas que le helarían de espanto al más duro.- y así prosiguió la conversación hasta la hora de dormir.

Después de tantas emociones y haciendo las ceremonias necesarias para irse a dormir, Samie tuvo un sueño:

Después de haber conseguido un puesto en diario local, le encomendaron una misión. Partió con rumbo a Los Ángeles y tras varios traqueteos del ómnibus, fue para allá. Y ahí, en un inusitado puesto militar, antes de llegar destino, le informaron algo que le quitó el aliento…Los Ángeles había desaparecido… nada, nada,

nada… solo el eterno desierto de destrucción abarcaba las soledades y la agonía de un trunco final…y su ómnibus, sin destino fijo, fue a parar a tierras más seguras, a Toronto, bajo un cielo más que borrascoso, notable contraste con la tierra reseca y desbastada que había sido Los Ángeles.

Ahí se despertó, todo sudada, jadeante, temblorosa y confundida. Tantos misterios ocupaban su mente en ese momento, que en ella se mezclaban ensoñaciones de tierras arrasadas por bombas atómicas y la fría y eterna tumba de su madre, la ebriedad de su padre y todos los fracasos de su vida.

Al otro día (17 de noviembre de 1982), después de pasar por la cafetería y ver a Ian que le iluminaba la vida, fue a hacerle una visita al señor Smith, el dueño del diario. Se presentó a la secretaria pero él no la quiso atender. Entonces Samie empezó a mostrar señales de enojo rayano al odio. Increpando a la secretaria de muy mala manera, le dijo que la había mandado la señora Ingrid Strauss y que ella venía a buscar trabajo solamente, que necesitaba hablar con el señor Smith urgentemente. Ella le dijo que el señor Smith no la podía atender en este momento que tenía que esperar o iba a llamar al guardia y echarla. Eso la tranquilizó momentáneamente y se fue al baño después de ese ataque de nervios que le dejó un gusto ácido en la boca.

Smith la atendió de mala gana y tras un breve pero exhaustivo y conciso interrogatorio le dio el trabajo.

-¿Samantha, realmente te gusta la investigación? Tengo un pequeño trabajo para ti. Si estás dispuesta a arriesgar tu vida.

-Si claro que estoy dispuesta. A lo que sea. Ya no tengo nada que perder.

Le pidió un pequeño adelanto de dinero y se dirigió a la terminal de ómnibus para ir a la misión que le encomendara el señor Smith.

Tomó su ómnibus tranquilamente mientras pensaba en lo que posiblemente encontraría. ¿Podría hacer la nota? Temía encontrar rechazo. Nada lo ponía de peor humor que no lograr lo que se proponía. Esta vez el dinero sonaba en su cabeza y hasta lo sentía en el bolsillo.

En un momento de confusión total, tomó una decisión que marcaría el resto de su vida… cuando regresó a la realidad creyó volverse loca, ¿la fatalidad me persigue solo a mí?

Mientras se acercaba a su destino sintió un *dejavu*, un puesto militar vagamente conocido en la ruta se presentó ante sus ojos… algo como un mal presentimiento le quitó la respiración.

Se acercó al conductor para saber que pasaba, un encogimiento de hombros con una expresión de desdén le dijo todo. Aún dudando, con la pica de la curiosidad cosquilleándole la nuca, abrió la ventanilla y interrogó al oficial que estaba haciendo volverse a los vehículos. Le dijo que la planta nuclear había tenido una fuga y que estaban evacuando la zona. Era imposible acercarse.

Diciendo para sí -¡Lo sabía!!! Se entristeció por no poder cumplir con lo pactado con señor Smith pero otra idea rondaba en su mente.

Cuando volvió inesperadamente a la oficina, el señor Smith lo miró con el ceño fruncido. ¿Qué pasó con mi nota? Preguntó irónico y enojado a la vez.

--Hubo un accidente en la planta.- Dijo excitada.

--Por eso te mandé a investigar.

--Era imposible acercarse. Necesito un vehículo. Para investigar por mi cuenta.

--Mmm… lo voy a pensar.

--¿Entonces por hoy no me necesita?

--Ve a tomar aire mientras decido sobre tu futuro.

Y se fue, silbando bajito hasta la plaza del pueblo a escribir en su bloc de notas las memorias del olvido.

Al otro día, al volver a ver jefe, le dio una noticia:

--Samie, te conseguí el vehículo.- dijo mientras hacía sonar una llaves en la mano.

- Ahora no tengo excusas.- expresó con una gran sonrisa.

Mientras se acercaban al estacionamiento, un hermoso Chevy mostraba orgulloso las impetuosas líneas de diseño y su actitud de un león agazapado. Cuando se abría la puerta, era como entrar a otro mundo, un mundo ideal, más benigno y lleno de posibilidades, forrado en cuero de primera.

Al encenderlo, la bestia rugió con toda la potencia del motor. Un sonido bronco y profundo, como un desafío a la vida.

--¡Con esto voy a llegar muy lejos!!! Exclamó con convicción al fin.

--Ahora sí, ve a buscar mi nota.- le dijo el señor Smith mientras le palmeaba feliz el hombro y pensaba:

"me hace acordar a mí…"

Con un cartel en la parte de adelante que decía PRENSA, se puso en camino nuevamente, resuelta a evadir los puestos militares de control como sea y conseguir su primera nota de verdad.

Ketty Martteau

KETTY MARTEAU:

Biografía:

Cantante Lirica-Pop - Poeta - Profesora de francés.

Inició sus estudios de canto lírico en la prov. de Tucumán, con la Profesora Diana López Esponda (uruguaya-ex primera voz del Teatro Colón de Bs. As.)

Realizó cursos de Negro Spiritual con la profesora Alicia Cordomi.

Técnica vocal con la Prof Afrika de Retes (Bs. As.)

Culminando sus estudios por Concurso ganado en el Instituto Superior del Teatro Colón de Bs. As., en Técnica Vocal y Audio-Perceptiva con el Maestro Víctor Srugo entre otros.

Repertorio Lírico y Regie y Caracterización, con el Maestro Ferracani.

En los años 2000 - 2002 trabajó en la enseñanza de la Técnica lírica con su Taller de la Voz, en la prov. de Córdoba (Villa Dolores)

Donde además realizó Conciertos acompañada por grandes músicos suizos (ex Grupo Markama): Larss Nilsson (flauta traversa), Kerstin Nilsson (piano) y el Maestro José Luis Tubert (flauta traversa).

Luego ya de regreso nuevamente en la ciudad de Jujuy, abre su Taller de la Voz, y realiza Conciertos en el Teatro Mitre de esa provincia (2003-2007).Es convocada por el Club Atlletico Tucumán en el Test-Match Los Pumas –Gales(televisado por ESPN) para entonar el Himnoo Nacional Argentino y el Himno Galés ,acompañada por la Banda de Música del Liceo Gral Gregorio Aráoz de Lamadrid ,con quienes también fue llamada para dar Recital en el Teatro San Martin en el Dia del Ejército.

Anteriormente y hasta en la actualidad dio varios Conciertos en las Basílicas Catedral y San Francisco de Jujuy.Es invitada por la Secretaria de Cultura de Hernando Córdoba ,para dar Recitales en ésa Ciudad y Municipios de la zona.

Con el Dr. en Música y Docente de la Fac. de San Juan, el Maestro Oscar Rodríguez del Castillo, realizó 3 Conciertos acompañada en órgano de vientos (1997 y1998).

En el año 2009 fue seleccionada por el músico y compositor argentino Fabián Farhat -Ganador premio Grammy Latino 2007- para grabar su Primer Disco -con distribución y gran éxito en Argentina y América Latina-.Actualmente,abre y cierra Eventos Oficiales,Ciclos Culturales y otros.

Conciertos y recitales en Jujuy, Salta, Córdoba, Santiago del Estero, Catamarca.Como Poeta es participe ya de 6 Antologias con poesías y Relatos breves.Abre y cierra estos Eventos con la Lectura y su voz en el canto.Ha participado en Encuentros Literarios varias y distintas provincias de su país .

Dirección: 9 de julio 197 4to piso B San Miguel de Tucumán. Teléfono:381 155248632. Alternativo 381155 038 705 Correo electrónico ketty6marteau@hotmail

CASI UN DUENDE

Se llamaba Bautista, era alto ,de pasos largos y pausados como los sonidos de su voz... cuando hablaba. Había sido herido como hombre en la cúspide de su crecimiento como padre de familia, esposo y profesional reconocido.Apostaba a todo para todos, poseedor de grandes lecturas y títulos de su carrera creciente. Más los vuelos del carancho, que sobrevuelan sobre los cadáveres de los fétidos animales muertos, danzaban hoy por sus costados, por arriba y por abajo. No eran cadáveres que maltrataban, eran las amenazas de su compañera de la vida, que ya ahí mismo le dijo que todo terminaba. *Sentía profundas penas y angustias, se escabullía entre la gente para aturdirse sin fijarse un rumbo fijo... pensaba.*

Ya todo en segundos se desmoronaba, buscaba pruebas de infidelidad... y las encontraba.
Ya en silencio durante 10 años, luchaba para que todo siguiera... confiaba.
Se atrincheró en su palacio terminado. Ella en la noche, preparó valijas y con los hijos, huía hacia la casa de su madre.

Estaba nuevamente enamorada, cometía locuras de niña, se jugaba, ya nada le importaba.

Él, como un duende encerrado planeaba, sufría, lloraba de noche y de día, así se amanecía

. Decidió partir lejos, buscaba y concursaba para nuevos trabajos.Su capacidad intacta lo encontraban con 3 propuestas para que eligiese sin prisa y sin pausa.

Así llegó el Duende -cantor (porque también cantaba), a una de las provincias del Norte de su hermoso país, buscando también el amor.

Una noche de llovizna fue a buscarla, era su maestra la que tanto le enseñaba y la que tanto lo quería y él de la misma manera ...respondía:_"Aquí estoy!!" _le dijo con su cálida voz que emocionaba (no tanto, como cuando la elevaba con su bello canto).Ella asombrada y en vìsperas de un Concierto con sus alumnos, feliz lo abrazaba y lo presentaba a todos su alumnos.

En un momento le dice:_Viniste para actuar con nosotros? y él le contesta:_"No ,vine a verte a vos".Su maestra no entendía nada que no fuese un diálogo de alumno a profesor, y esto deducía... que no lo era así.

Siguió trabajando con todos hasta el fin de la clases. Llegado el momento, la invita a cenar, entre charlas amenas y divertidas, no se tocaba el tema. Ya a altas horas de la noche y teniendo que regresar a su casa, lo saluda y él le dice:_"te acompaño".Ya sentados nuevamente y en el medio de un cafè que le invita, ella lo encara.

_¿Qué pasa con ud, no se da cuenta que soy su maestra?

Él le dice:"ya no me mires como alumno, ya no lo soy"
Su cara cambió y su humor también, se sentía más bien agredida, la confundía

_¿Y qué piensas, que porque estoy sola puedes venir a atracarme? Es la imagen que doy? *estaba ofendida.*

"Nunca te diste cuenta de lo que siento por vos? _le dijo él.

Ella se levantó apresurada de la silla para traer un vaso con agua, cuando escuchó a sus espaldas y en susurros"nunca te voy a dejar, siempre te voy a ayudar"

_¿Qué? _dijo ella .

_Nada _dijo él.

Y así se fue acercando con palabras dulces y agradables.Ella se negaba a todo... hasta que finalmente cayó rendida a su pasión encendida.

Pasaba el tiempo, parecían almas gemelas, sin compromisos y en silencio.

Ella sintió que comenzaba a amarlo pero que no dejaría nada por salir detrás de él.

Largos silencios y crueles ausencias después de dos años de amor, se comunicaban por mensajes, pero ya no los de antes, más bien ya eran triviales.

Pero en cada Navidad, él le avisaba que venía y ella se estremecía... aún lo sentía.

Nadie sabía lo que pasaría con ellos ni siquiera, ellos mismos. .Hacían culto a la canción que juntos sabían cantarla. Era el lamento de un amor... en secreto y en silencio.

UN CISNE LLAMADO JULIETA

Catalina había nacido entre cerros de colores y cielos azules ,ríos frescos y sauces que lloraban en sus orillas. Su niñez serena y colmada de mimos ,por ser la más pequeña, la que no sabían que llegaría, pues le dijeron a su amada Madre, que no era un embarazo, más bien parecía un tumor en su estómago pesado.

Pasaron 9 meses y el tumor era una dulce niña casi idéntica a su entrañable padre. Los regalos y masas inundaban la amplia habitación de la antigua casona de su familia, los vecinos acudían con curiosidad y otros con cariño verdadero. Así transcurría su vida con el tiempo, entre rayuelas y cientos de juegos que la niña inventaba. Sus hermanos muy mayores nunca estaban en la casa, de allí sus ganas de ser amiga de todo aquel que se le acercara. La madre enamorada de su niña, sabía comprarle vestidos con vuelos y zapatitos de charol para llevarla a un estudio de fotografías y hacerla posar. Catalina todo aceptaba, lo que su madre deseaba. Era una comunión de afectos especiales y compartidos con el alma. Pasó el tiempo y Catalina formada en idiomas y acunada por su madre con canciones y poesías, supo llenarse de arte en cada espacio de su pequeño cuerpo que ya crecía, sin detenerse. Muy jovencita le tocó enamorase de un joven 5 años mayor que ella, con una gran labia que la deslumbraba y apasionaba. De ese amor, nacieron sus 4 amados y únicos hijos, tesoros de su vida. Mas de niña lloraba sin razón alguna, pensando en que su dulce Madre partiría antes que las de sus amigas...y así fue. En una tarde lluviosa de un mes de marzo, cerraba sus ojos para siempre agarrando sus manos y ella cantándole en su pecho cálido y envejecido. Catalina se olvidó que era madre y volvió a ser hija. Se apoyó en su hermoso padre, mas el le confesaba, que no creía ser capaz de poder seguir viviendo sin su amada esposa. Catalina le rogaba que no lo piense así, porque era lo que le quedaba. Mas a los 2 meses de una pena profunda... también él partía .El dolor era muy fuerte ,la pena agonizaba su joven corazón que debía seguir luchando por sus hijos y por su única hija, que como ella muy joven, ya estaba a punto de ser mamá... una bella y gran mamá. Así pasaron tan solo 15 días y Dios le regaló una hermosa nieta... Julieta.Catalina se aferró a la niña y su madre, como estaba estudiando una carrera universitaria, la dejaba que se adueñara de la criatura, por muchas horas muchas horas.Catalina sintió que pasaba del dolor más agudo de su vida, a la felicidad más grande que había. Volvía a sentir ganas de vivir.Pasaba el tiempo y esta bella niña iba denotando un talento muy grande.Su mamita y Catalina, coincidieron que podrían llevarla a probarse en una Academia de danzas clásicas. La niña era rítmica y disfrutaba bailar. Catalina se dijo (era ella cantante lírica con formación en lo más alto del canto) si va a bailar, debería ser estudiando en lo más alto del baile, la técnica del Ballet Clàsico.Y así fue, la niña fue nivelada y comenzaba un gran camino lleno de luz y talento. A los 6 años fue becada por sus maestras para estudiar en uno de los Estudios más grandes de su país, y ahí también la llevó de su mano su abuela ... Catalina.Julieta, le produce sensaciones de gozo pleno cuando se desliza en los escenarios, Catalina sufre de convulsiones de llanto ...mas no de pena sino de orgullo y felicidad infinita. Pasaban los años de niña a adolescente, y ya estaban sus amigas, las que no podían compartir con ella esas horas de clases, pero como toda adolescente , Julieta las amaba y le gustaba compartir horas de charlas, risas y salidas. Mas los tiempos eran cortos y sus amigas comenzaron a dejarla de un lado. Le decían:"Con vos ya no contamos, porque siempre estás en tus clases de ballet". La niña llegó llorando a su casa, y con mucha angustia le dijo a sus padres:"Ya no quiero ir a danza porque me quedo sin mis amigas" Todos tratábamos de hacerle entender que sí podía hacer ambas cosas, lo único que para todo había horarios y tiempos. No quiso escuchar a nadie, lo había decidido así. Su abuela Catalina sufría en silencio, trataba de vez en cuando de hablarle del tema y tratar de convencerla nuevamente. Fue en vano. Durante 2 años, la niña no regresó a sus clases... *la extrañamos.decían sus maestras.*Un día,Julieta le dijo a su madre "Quiero volver a danzas mamá" La felicidad en la familia era indescriptible. Pasa el tiempo, va a clases casi todas las tardes, alta, espigada y bonita. Con la disciplina de siempre y la prolijidad de su belleza. Llegó lo mejor, Julieta era parte nuevamente de la Obra de fin de año... *La bella Durmiente.* Catalina se apresuró a comprar su entrada, los días que faltaban le producían taquicardias, ya quería verla bailar nuevamente. Así llegó el mejor día, la mejor noche. Brillaba en su escenario con una sonrisa permanente en su bonito rostro y sus líneas impecables. Los aplausos, las felicitaciones, los abrazos y las lágrimas de amor derramadas por Catalina sin siquiera preocuparse si se corría su maquillaje. Estaba inmensamente feliz. con semejante retorno tan soñado. La apodó su Cisne... su mejor y único Cisne, su Julieta amada.

Ester Migoni

Biografía:

Ester Jovita Barberá Migoni .

Docente, escritora y poeta, nacida en San Miguel de Tucumán. He residido en diversas ciudades de mi país además de New York. Actualmente resido en la ciudad de Villa Constitución, Pcia. de Santa Fe en Argentina.
He perdido la memoria de cuál fue el momento que comencé a escribir mis cuentos y poesías ... pero podría decir que en mi adolescencia se incrementó sobremanera , cuando mis compañeros de escuela secundaria me encargaban acrósticos para sus amados/as .Además de participar en las conmemoraciones escolares, escribiendo y recitando mis escritos. En esta ciudad , cada año, se convoca a poetas y narradores villenses a participar en la Antología de poetas y narradores locales y luego se presenta en la Feria del Libro que auspicia la Municipalidad en la cual participo cada vez que me es posible .Varios de mis trabajos han sido incluidos.

Mi primera publicación ha sido en la Revista de Psicología Social de la ciudad de Buenos Aires con motivo de la celebración del día de la mujer en 1963 con mi poesía llamada justamente "Mujer..."

ELLA ...

Aquella tarde de julio estaba helada y lluviosa .Mi secretaria entraba con el cafecito que le pedí a la par que anunciaba a una nueva paciente ... Gabriela ...

Ella entró con su aroma envolvente de perfume importado y con ropa cara y de muy buen gusto. Maquillaje casi imperceptible ... una línea en los párpados de color azul y un rosa pálido en sus labios carnosos y deseables.

Mi masculinidad se vio tocada. Pero al fin del relato se transformó en un deseo irrefrenable y paternal de abrazarla como a una niña abandonada.

Comenzó sin demasiado preámbulos ... -"Fueron muchos años de ardor sin amor ... sin deseos ni pasión - silencio y mirada hueca - ... sin aromas , sólo olor.

Fui prostituta sin clientes , pero era la señora de ...

Fue muy duro soportar y se me hace muy difícil olvidar... además es muy sucio recordar , si , así me siento... (qué extraño con su perfume encantador) .

Ella continuó como si yo no estuviera - Él pagaba todo, las facturas , la ropa cara, la comida exuberante ,salidas , alcohol , amigotes tan grasientos como él... el GRAN burgués insolente y triunfador ... altanero y sin amor !!! ... pura soberbia a mi alrededor... (sus ojos verdes y hermosos comenzaron a brillar y chorrear negras lágrimas mudas mientras continuó gélida) , de día fui cocinera , secretaria , mucama o planchadora a su antojo y de noche prostituta llena de asco , pudor , muda , insomne , enojada ... sólo comía rencor y vestía de reina para los de afuera ... otros bastardos como él ... a quienes me ofrecía en pago de "favores" ocultos ... -Ésta lluvia me ha hecho llorar ... siempre me da nostalgias cuando llueve - y me miró impávida . Pasaron algunos minutos y retomó - Fui cobarde , lo sé , me negaba a aceptar que era prostituta "legal"-volvió a mirarme y callar - fue una situación infernal ... mendrugos que por dinero me tiraba al azar junto a reproches , críticas y menosprecio sin igual ... me harté de aquella jaula de oro y los golpes de este ser despreciable que me prometió amor ...!!!

Este mediodía le preparé su comida preferida y lo envenené... ¿Podrá liberar mi alma doctor? ... el psicólogo es usted .-

EL PORTÓN ROJO

Un portón rojo te cerró la vida y con lágrimas cristalinas , quieres abrirla ahora ... te pesa la soledad .
Tus ojos de niña cargan aún una tristeza, que sin prisa , cubre tu alma bravía .

Hoy, cuando desde lejos contemplé tu andar cansino, lento, como queriendo que la biografía, tu biografía, no avance en su fluir constante ... miré tus ojos y pensé -¡Basta Mariana!, no llores más, el pasado no vale tu pena. No llores princesa, déjate amar ... aquella persona, que cruel, te abandono sin voltear, huyó de ti sin querer pensar qué quedaste llorando horas hasta caer sobre aquel portal, con la esperanza inútil de verla regresar .

Te observé de lejos .
Te has transformado en una bella mujer. Dulce, pensativa , callada y de apariencia frágil . Yo supe, sin embargo al instante, que aquella sólo era una traza engañosa de la realidad. Realidad que intuí al verte

vestida de rojo carmesí , como si aquellas lágrimas sobre el portón, hubieran teñido tu vida para siempre .

Tuve ganas de correr hacia ti ... ofrecerte mis brazos ... mis besos y caricias, para poder borrar de tu mirada aquel abril que impregnó tu vida de pena carmesí .

He visto en tus ojos mucha necesidad de amor . Los he visto nublados de congoja atávica, de sufrimientos viejos que no te dejan avanzar (-pensé-) . Quise llamarte, y a los gritos hacerte entender que el ayer ya fue ... que no lo merecías, ni tampoco ella. Sólo hizo lo que podía a sus quince sin cumplir. Que la violación la dejó marcada con huellas de horror y estaba llena de temor. También tu madre huía de aquel portón granate que le señaló el suicidio de rojo carmesí .

--¡Deja ya Mariana de pensar en esa alma en pena que huyó de ti ... de él ... y de la vida misma ... no lo pudo resistir-

---

-¡Deja cerrado el ayer y el portón escarlata ... no mereces sufrir! La vida está esperándote colmada de puertas azules que podrás abrir

Quise llamarla , pero la cadencia de su andar firme, de sus caderas sensuales y atractivas caminando firme (*a pesar de la nostalgia que cubren sus ojos bellos*) me hablaron de mi error al creerla frágil ... Mariana se ha convertido en una gran mujer, que ya perdonó, y exprimió de la experiencia vivida, sólo el mejor sabor ... aquella madre-niña, no la abortó.

PIEDRITAS MULTICOLOR

Recuerdo ese día y aún la emoción me abraza.

No tuve noción del tiempo aquella tarde en la playa de Calabria ... junte piedritas de todos colores y tamaños , para mi amigo Pepe. Él me había pedido nostalgioso, un único regalo de mi viaje a Italia ; sólo un puñadito de la tierra de su padre .

Recuerdo todavía sus ojos vidriosos disimulando el llanto que le ahogaba la garganta .

Quedó , por un instante , pensativo , mirando la nada , o quizás viendo pasar a su padre ... a quién sólo él veía . Luego de un suspiro profundo , mi amigo rompió nuestro silencio y comenzó a recordar aquel día que el "tano" lo recibió en la puerta al regresar de la escuela.

Aquel invierno se presentó cruel ... muy cruel , frío , ventoso , no había dinero y el gasto era mucho desde que la "mamma" , muy pálida , hacía ya un mes no salía de la cama .

A los cinco años , los niños no analizan a una mamá que "descansaba" demasiado .

-Mi padre - dijo Pepe- no era un gringo conversador , pero aquella tarde sus labios estaban sellados de hielo dando a su rostro una amarga mueca de tristeza . Me tomó de la mano en silencio y comenzamos a caminar hacia el mar .

Siderno se presentaba más húmedo y frío aquel invierno ... o quizás solo me pareció , por la actitud gélida del viejo - continuó Pepe .

Llegamos a la playa sin emitir palabra ... yo miraba de soslayo , de vez en cuando , su mirada hueca y sin rumbo ... pero jamás me atreví a emitir palabra , y no me pareció oportuno hacerlo ... solo un ave oscura se aventuró a graznar en forma chillona y áspera cuál letanía gris . El rostro de mi padre infligía temor siempre y esa tarde también la desgracia se marcaba en un rictus que lo amargaba sobremanera ...

Entonces se volvió a mi , me abrazó con fuerzas y llorando como nunca gritó-"¡La mamma è morto!" -

-Pepita, mi hermana mayor , quién nos había seguido sigilosa y a una distancia prudente todo el camino , se unió a nosotros de repente y nos abrazamos los tres llorando a gritos.

———————

Abracé a mi amigo con ternura y volvió a llorar como a los cinco ... lloramos juntos .

Volvimos a emocionarnos el día que le di sus piedritas calabresas ,
las que aún conserva Pepita ... ya que Pepe , murió de cáncer cinco
meses después que le entregué su pedido ... el 25 de enero del año
siguiente.

(En honor a mi gran amigo Pepe Lojero)

Any Sanz

Any Sanz
   Biografía:

    Adriana Estela Sánchez, (seudónimo Any Sanz) nacida en Buenos Aires , actualmente vive en Tucumán,

Casada 4 hijos, 1 nieta, estudiante de licenciatura en ciencias de la comunicación.

Escritora y poeta, con poemas premiados, Primera mención especial "Recuerdo de mi infancia" y "Siete lunas"…

Asiste a programas radiales, y televisivos.

Fomenta escrituras, en las escuelas, en hospitales, en geriátricos, en plazas, entre otras.

Forma parte de grupos donde hacen obras de caridad, y publica en treinta y tres grupos de redes sociales.

NENA

Nena estaba en una fiesta con amigos, cuando llegó Eze, clavó su mirada en ella
que lo sintió _quedaron suspendidos en ese momento sublime_, aunque no estaba sola _fue acompañada_.Él se despidió apenado sin poder decirle nada. Al día siguiente, se comunicaron por face, él le dijo que se le vino el mundo abajo cuando la vio acompañada. Ella le contestó, que también le quedó pendiente la charla con él _cuando miró ya no estaba_. Él le preguntó si la podía llamar _ella contestó que sí_. Hablaron mucho… y muchas cosas en común hallaron… Luego seguían por chat. Él siempre llamaba para saludarla, ella contenta le contestaba.

Una mañana la llamó pidiéndole un favor _y ella contestó que sí_,
que le hiciera una nota _la cual sí o sí tenía que presentar _, él estaba haciendo unos trámites y no podía, recién le avisaban…
Entonces Nena, le dijo que no funcionaba su impresora, él le rogaba que se fijase, que viera adonde lo podía imprimir.

Ella tan generosa, no podía negarse. Él le dijo lo que tenía que redactar. Nena no tardó en darse un baño, se vistió y salió rumbo al centro. Era el lugar más fácil de encontrar un ciber. Llegó al centro, buscó, entró y dejó la nota, luego de una hora estaría lista _ le contestó el señor_,

_bien _dijo ella_, salió, llamó a su amigo, se lo comunicó, y él dijo: _ bueno… gracias, ¿me aceptas un café…?, *ella aceptó, ya que salió sin desayunar.*

Eze, divino como siempre, llegó al lugar y la saludo muy tiernamente… ella tímidamente sonreía, y él le dijo que es hermosa. Entraron al café, se sentaron en la entrada y luego más atrás, para estar mas cómodos. Cuando vino la mesera, él le preguntó: _dígame si no es hermosa mi amiga, Nena se reía y le dijo: _por favor Eze, _él solo reía feliz de tenerla frente sus ojos, y a ella, le encantaba mirarse en sus ojos, los cuales tanto decían_.

Bueno… les sirvieron el café, charlaron muy intensamente y él no dejaba de mirarla al igual que ella.

Se hizo la hora de retirar la nota,

luego caminaron sin querer que terminaran las calles y que se volvieran interminables

para seguir juntos ese momento que era tal especial, había algo mágico, algo que los atraía intensamente. Luego se separaron después de saludarse con un beso en la mejilla, y

cada uno por su lado a esperar el colectivo. Nena quedó con una sensación nunca antes sentida, y así, pasaron días hablando por teléfono y chat… Cada vez que lo escuchaba y lo veía las mariposas en su estómago revoloteaban locas. Él igual, esa mirada tan angelical que todo lo decía... estremecía su cuerpo ¡el deseo era fuerte!, algo inexplicable que ella no había sentido antes

_¡Dios! _exclamó_

_¿Qué poder sutil la lleva a estremecer su cuerpo y alma?

ella que jamás pensó entregarse así

Él un divino seductor, quedó pendido de amor.

Dos cuerpos haciendo el amor, y el amor reinaba, iluminaba ese momento de exquisito placer...

YA NO QUIERO LLORAR MÁS

Anita: una joven romántica, apasionada, que creyó en el amor.

Se casó muy joven, y a los 17 años tuvo su primer hijo.

El segundo a los 22 y seguidos tres más, los cuales fallecieron _les faltaron lunas por crecer el aire que su padre les quito por el vicio del alcohol_. Ella destrozada con su vientre vacío de amor y sus brazos llenos de dolor, y su alma sin consuelo implorando a Dios que le quite tanto dolor…

Eduardo _su esposo_ ¡era culplable de todo sufrimiento!, desde que se casaron, él siempre se quedaba después del trabajo con sus compañeros a beber cervezas, mientras Anita sola, sin el consuelo de los brazos del que pensó, sería el mejor compañero de su vida.

Creyó en el amor…, se equivocó. Él solo la arrastraba a un mundo de soledad y malos tratos.

Esa muchacha tan tímida, nunca dijo nada, el miedo la paralizaba.

Sus padres, nunca supieron lo que su hija pasaba.

Las palabras hirientes de su esposo, la arrojaban a un rincón oscuro del olvido, del amor mezquino que, él nunca le daba.

Le pedía perdón y ella siempre lo perdonaba,

pero cada viernes él… olvidaba la promesa, y así ella se pasó la vida perdonando, y él volviendo a tomar más y más:¡Sin importarle las consecuencias que causaba a la pobre Ana…!

¡Ella lo intentó todo!, pero él no cambió…

Hoy a los 45 años y a punto de cumplir 46 _dijo:¡Basta!,

no quiere llorar más, quiere ser feliz

¡Ya no hay vuelta atrás!

Ana siempre fue poeta _desde niña_, ¡Hoy escribe, y su alma es libre!

CUANDO CONOCÍ A RAÚL

Apenas comenzaba mi adolescencia catorce años. Hacía meses que nos habíamos cambiado al departamento hermoso grande todo un sueño. Recuerdo que mamá no dormía haciendo cola en el instituto de la vivienda para anotarse, hasta que un buen día llegó una carta de la vivienda haciendo anuncio que tal día nos entregaban las llaves

del departamento ¡qué emoción tan grande, pero a la vez eso implicaba dejar a los amigos más queridos

de compartir tantas cosas linda!.Llegó el ansiado día, a recibir las llaves de nuestro nuevo hogar fue mi mamá, mi papá, mis dos hermanos más chicos y yo, después del acto de entrega subimos era el segundo piso grande amplio: el departamento. Agradecidos con Dios mis padres. Nosotros nos merecemos tal bendición (me dije).

Después de un tiempo de vivir en el barrio nuevo conocí a mis amigos Pablo y Silvana (divinos ellos). Un sábado me convencieron de ir a ver una competencia de atletismo, yo perezosa y muy tímida, me refugiada en casa. Mi habitación era como la panza de mamá, ya que mis padres trabajaban todo el día para que no nos faltara nada.

Yo única hermana mayor, cuidaba de mis seis hermanos.

Llegó el día de la competencia, mis amigos tocaron el timbre, el reloj marcaba las catorce y treinta. A mí me traspiraban las manos y un malestar en mi estomago. Aunque quedaba cerca de casa no me gustaba salir pero bueno… bajamos las escaleras mientras caminábamos. Mi amigo hacía chistes para que yo me relajara y le pusiera entusiasmo a la salida.

Me costaba adaptarme al movimiento de las calles, al ver gente desconocida me parecía que todos me miraban, y eso me causaba extrema timidez. Llegamos al lugar de la competencia lleno de chicos , chicas y profesores. Caminamos por todas las pistas, hasta que llegó el momento de correr. Apoyados en las barandas mirando con paciencia que todos se acomodaran. Mientras tanto Pablo conversaba con amigos que allí encontró... Nos presentó y dieron la orden que comenzara la maratón .

¡Qué fuerza te mueve a querer correr tan veloz! a querer alcanzar algo que ya lo alcanzas con la mirada, como diciendo ya te tengo falta poco.

Y corre un río por tu sangre que desborda el cuerpo y se libera por los poros una sensación extraña y maravillosa, a la vez se conjura con el verbo amar... amar de hacer lo que nos gusta, de llegar a la meta, de cumplir con los sueños y marcar el camino de tu destino .

Volviendo a la competencia, terminó y el ganador me fue presentado. Se inclinó a darme un beso, apoyó su mano en mi cintura . De regreso a casa caminamos con mi nuevo amigo el cual lo llevaría justo a su casa. Pasó el fin de semana, comienza la rutina de cuidar de la casa y de mis hermanos. Aprendí a cocinar observando la comida cada vez que mamá cocinaba si estaba en casa. Los domingos era infaltable los tallarines con salsa, a mi padre le encantaban y con un vino tinto asentarlo. Renegaba con mis hermanos cada vez que limpiaba el piso todo bien y ellos llegaban de jugar al futbol, llenaban de barro y pasto el comedor y el baño, y los sacaba corriendo con el haragán. Después de hacer todos los quehaceres me encerraba en mi habitación. Me gustaba escribir frases, poemas. Era mi único escape mi vuelo de mariposa a un cielo abierto de fantasía , de sueños de hadas , de musas bailarinas que jugaban con mis letras.

Ese momento era todo mi universo en letras. Un lápiz y un cuaderno contaban contaba lo que mi alma les dictaba.

Mamá se enojaba a veces conmigo por ser yo tan tímida, tan callada. Solía decir:_ por qué no salí como mi prima Nanci, con doce años sabía todo_ , pero Dios me mandó así. Cada uno es único e irrepetible. Yo siempre la consideré mi hermana ya que era única mujer de seis hermanos. Cuando falleció su mamá se vino a vivir con nosotros, (lloré mucho su partida, una tía muy querida).

Volviendo a mi amigo Pablo, él me comentó que su amigo gustaba de mí, el atleta. Solo sonreí tímidamente. Luego de un tiempo de conocernos nos pusimos de novios.

Carmen Tejedor

Carmen Tejedor:Escritora y Poeta nacida en Salta-Argentina. Actualmente con residencia en San Salvador de Jujuy.

PREMONICIÓN DE MUERTE

Hoy es un día atípico en la montaña, un gris de humo ha bajado hasta la frondosa vegetación del valle, no es humo de incendios, solo nubes, no tan blancas, no tan brillantes cuando el sol las ilumina envolviéndolas con su luz.

Los cielos se han puesto extraños, como si una vaga premonición de muerte se expandiera en la techumbre que cobija al valle, esos nubarrones grises que vagan en su extensión, así, como el humo se esparce en el viento, es como si los cielos tuvieran un nudo en la garganta y no pudieran desencadenar el llanto.

Ésta rara sensación me ha inquietado el espíritu que contagiado de angustia no encuentra consuelo, una visión de desamparo se ha hecho presente en la infantil inocencia que no entiende, que no comprende, pero aún así lo acepta porque no queda más remedio.

Un vagar de ausencias se revela en las visiones de futuro, destierro, desprendimientos, un pan lastimero, jirones de sombras, decadencia, discriminación y pobreza son piedras que se alzan en el camino.

En esta vida que todo lo da y que todo lo quita, la estrella guía en mi existencia apaga su luz y esta presunción de angustia se vuelve una cruda realidad en los lúgubres brazos de la muerte, con su imagen de mortajas blancas y de negro llanto que de luto se vistió.

Yo sé que te vas cumpliendo con el sino que te fue predestinado, te vas como yo me quedo en este mundo, en soledad, con el nudo en la garganta y los ojos explotando sin poder llorar, con los interrogantes sin repuestas, con las manos llenas de amor y ternura sin poder encontrar espacio donde depositar los sentimientos que amontonados se apretujan en el corazón que desgarrado en su dolor muere un poco sin poder desahogar su llanto.

La última mirada, todo está dicho, las palabras están de más, tampoco podrán salir, están encerradas en la garganta. Yo sé lo que pedías, tú lo que yo imploraba, no ignorabas lo que sentía, más yo tampoco lo que me amabas, y solo bastó una mirada para el último adiós y un río de lágrimas brotó en el momento en que la muerte vacío tus ojos y en un bajar de párpados te fuiste a la eternidad.

Se enturbian mis ojos que empañan la mirada, ya no puedo distinguir bien el camino, y desde entonces el tropezar constante, cada piedra del camino me ha dejado una herida, llevo cicatrices de vida, son trofeos de tantas batallas ganadas.

Me fui forjando como pude, entre espinas y rosas, entre realidades y sueños, entre amores y odios, selecciono lo más bueno y de lo malo me olvido, para que llevar mas carga que pesan en los hombros.

Me lo enseñaste tú, a levantarse siempre después de las caídas, yo lo recuerdo siempre, aunque vago sea el recuerdo, no por mala intención, pero comprende, era tan chiquita, tan niña, que todo aprender no pude.

De Cuentos cortos "En la Montaña" de Carmen Tejedor.

.

EL MATACO TOBÍAS

Llegó un día desde las profundidades del Chaco salteño, con aromas a chañares y mistol embriagado de aloja, justo para un carnaval. Perdido en los caminos, el gallego José lo encontró y no sabiendo donde dejarlo a la montaña lo llevó.

Morena piel, remembranzas de una tribu nómada saqueada y devastada, humillada y condena a las miserias, perdidos en un monte que el progreso va robándose el espacio desplazándolos a la extinción cada día mas.

Tobías, el de los pies descalzos, curtidos de espinas, de piedras y tierra..

El de la mirada perdida en el tiempo, como la mirada del niño que no comprende el por qué de tanta injusticia....

Le gustaba cabalgar al galope en pelo, extendiendo los brazos en cruz, tal vez como reviviendo de viejos caciques antiguas vidas de esplendor.

Él del pelo largo, alborotado en gruesos mechones negros flameando al viento, bajando y subiendo desde el mismo aire hasta sus hombros al desnudo y en una perfecta sincronía con el potro componían un vaivén de olas movidas por el viento galopando por los espacios a ras del suelo.

Tobías, el de las borracheras prolongadas, como queriendo escapar a su destino buscaba refugio en el aguardiente donde vaciaba algunas penas, mientras otras cobraban mayor vigor...

El mataco Tobías, el de los cuentos, fábulas y leyendas alrededor del fogón en aquellas nochecitas frías de invierno. Apostados todos al calor de las llamas en una clásica sentada india, con los ojos llenos de asombro y un temblor de espanto recorriéndonos la piel, tu voz nos cautivaba, y aún así ante el miedo nos convertíamos en masoquistas escuchas de tus historias fantasmales en ese cinema imaginario.

Tobías nos llevaba en sus relatos a mundos paralelos, a esas historias de duendes, fantasmas y de ultratumba....
¡Cómo te divertías Tobías! ante el espanto que se dibujaba en los ojos desorbitados y ese escalofrío que jugaba con la infantil inocencia de aquellos años....

Tobías, el de las danzas ancestrales. Mascarita del Pim Pim, con su pingullo y su flauta, se perdía por días a bailar con el diablo del carnaval, en la monotonía repetida de su ritmo.

Un día te fuiste Tobías a bailar con las estrellas y un coro de mascaritas al ritmo de tu danza te fue llevando hasta el arete guazu del cielo...

Hoy que mis ojos te imaginan alrederor de las llamas ardientes del fogón con un eco de pim pim en la memoria se me ha puesto de pronto la piel de gallina como presintiendo a mis espaldas que rondas por aquí como un fantasma encerrado en una leyenda inmortal, tan parecida a aquellas que narrabas y que asombraban mi espíritu en esas noches alrededor del fogón.

De Cuentos cortos "En la Montaña" de Carmen Tejedor.

Silvia Vázquez

Biografía:

Silvia Vázquez

Nació en el popular barrio Alberdi de la ciudad de Córdoba - Argentina en 1966. Creció con las historias de un abuelo hijo de italianos y los miles de cuentos que leía su madre. Vivió en Córdoba Capital durante 28 años , posteriormente se trasladó con su familia a la ciudad de Cosquín. Desde muy joven desempeña alternativamente actividades culturales con sus dos grandes pasiones, cantar y escribir, lo que la llevó a participar y luego tener su propio programa radial:"Para Que Se Sepa".

LA FLOR DE LOS COLORES

Su madre le entregó una flor cuando partió, una flor extraña, de un perfume exquisito, que no necesitaba agua para sobrevivir, cambiaba de colores según sus estados de ánimo, le dijo que era el reflejo de su corazón y que sería quien le daría la señal cuando encontrara a aquel que sería por siempre su compañero, así fue que llegó al mundo con la sola certeza de que la flor le mostraría el camino.

Pero el mundo es extraño y solo, lleno de egoísmo, lleno de palabras vacías, un mundo aturdido de sinsentidos, vil y frío, buscaba las noches de luna para caminar en el silencio con su verdadera forma hecha de sonidos y se volvía voz, entonces su corazón tornaba en felices colores y el mundo parecía un mundo mejor. Cuando lo conoció su corazón tenía el color de la canción y se aferró a él y lo envolvía abrazándolo con su voz, su corazón tomó colores que nunca había conocido, entonces cantaba solo para él.

Pero como el mundo es frío y vil, un día encontró su flor casi sin pétalos, había perdido sus colores y se encontraba casi sin vida, en su desesperación se abrazaba a su amor para encontrar la paz, su corazón tomaba colores pálidos casi permanentes, pensó que estaba bien y se sintió tranquila y descansó, dejando así pasar los días y los años...

Días antes de su partida descubrió al fin que los colores no se hacían de permanencia sino de pequeños gestos que los revivían, palabras que daban una gama indescriptible de rojos, azules... verdes, miradas que lo llenaban de apasionados colores y como el Supremo nos enseña en cada vida. Pudo sentir también los colores de la ira y la tristeza, el ocre eterno de la melancolía, y casi con horror pudo ver el olvido.

Sintió un dolor profundo, un frío aterrador, una vida entera esperando que aquel a quien llamaba su amor le diera color. Una vida sin buscar dentro de sí su propio color... por eso aunque nadie lo entendiera en el último minuto cantó, cantó como nunca, cantó encontrando los colores en cada palabra, cantó... para ser ella otra vez antes de partir.

LA PASIÓN DE ESTEBAN

Esteban llegaba a su casa desde Montillos, después de diez horas de trabajo y tres horas de viaje en tren, lo que más le gustaba al llegar, era el perfume de los naranjos que tenía en el jardín, los había plantado cuando regresó a la casa, después de diez años de vivir en el extranjero, su partida había sido más bien la búsqueda del olvido, tenía por costumbre dejar el lugar donde por alguna razón, no había sido feliz y sin ninguna duda allí no lo había sido, el amor de su vida, el único, el fundamental lo había abandonado, no tenía más explicaciones que el simple olvido, la costumbre de todos los días le quitó la costumbre de amar. Fue entonces cuando decidió partir, buscando otro destino, se perdió en paisajes bellos pero ajenos, lugares paradisíacos que jamás pudo hacer suyos, años completos tratando de ser al menos una persona, ya que no feliz, al menos alegre. Luchó contra todas las profecías en contra de su regreso, al fin y al cabo solo guardaba de su pasado en montillos, un cierto cansancio y una navaja que nunca usaba, pero que siempre llevaba con él

El regreso, fue como todos los regresos de los que se fueron por propia decisión, sin pena y sin mucha gloria, amigos que lo pusieron al día, historias para recordar, todo menos su nombre, parecía que así como él se había marchado, Laura, que así se llamaba, había desaparecido, nadie sabía nada y si lo sabían, nadie decía nada.

Los años logran borrar algunos rostros, algunas palabras, muchos momentos, pero nunca borran el rostro de lo amado, su perfume... su color.

La descubrió entre el gentío disperso en la feria, se veía igual, tenía el cabello dispuesto levemente sobre su rostro, la comisura de los labios esbozando una muy leve sonrisa y la mirada serena... temió llamarla, hablarle, mostrarse como siempre enamorado, se marchaba ya cuando escuchó su nombre, y de repente todos los recuerdos se agolparon en su mente, los besos, las caricias... todas las palabras llegaron a él, el amor que habían sentido, las promesas que se hicieron, las noches de pasión, cada centímetro de su cuerpo se estremeció, y de repente ella estaba frente a él, lo envolvió con el perfume de su piel, y al cerrar los ojos recordó la profecía hecha en la isla, la anciana que le advirtió *–piensa que el regreso será tu desgracia-* después todo fue confusión, en su mente volvió a verla en otros brazos, con otra pasión, gozando otras caricias, y en un vuelco casi sin querer, hundió hasta el fondo la navaja, la que no recordaba por qué llevaba siempre y la vio caer lentamente entre sus brazos, sin gritar, con la mirada llena de terror y supo que su destino al fin se había cumplido.

INDICE